中国语言文学
一流学科建设文库

国家社科基金青年项目"民初小说编年史"（14CZW047)结项成果
国家"双一流"建设学科"华中师范大学中国语言文学"资助项目成果

民初小说编年史
（1915—1916）

黄曼　编著

WUHAN UNIVERSITY PRESS
武汉大学出版社

图书在版编目(CIP)数据

民初小说编年史.1915-1916/黄曼编著.—武汉：武汉大学出版社，
2023.6(2023.11 重印)

ISBN 978-7-307-23615-8

Ⅰ.民… Ⅱ.黄… Ⅲ.小说史—研究—中国—1915-1916
Ⅳ.I207.409

中国国家版本馆 CIP 数据核字(2023)第 109186 号

责任编辑:白绍华　　　　责任校对:鄢春梅　　　　版式设计:马　佳

出版发行:**武汉大学出版社**　　(430072　武昌　珞珈山)
(电子邮箱:cbs22@whu.edu.cn　网址:www.wdp.com.cn)
印刷:武汉邮科印务有限公司
开本:720×1000　　1/16　　印张:28.25　　字数:392 千字　　插页:1
版次:2023 年 6 月第 1 版　　2023 年 11 月第 2 次印刷
ISBN 978-7-307-23615-8　　定价:120.00 元

目　　录

1915 年

01 月

01 日 《东方杂志》第十二卷第一号刊载《薄倖女》(一名《恶侦探》，英国梅女士著)，作霖，文言；历史小说《绛带记》，法国大仲马原著，不许转载，天游，白话。

同日，《小说海》第一卷第一号刊载《发刊辞》，宇澄："尝谓文字入人深者，莫甚于小说，其势力视经史倍蓰也。而小说之俚且俗者，尤无远勿届，无微不入，《三笑姻缘》《孟姜女》《花名宝卷》等，缙绅先生所不道，而负贩力人，阛阓中伙计，普通社会之妇女，或且食古而化，脑筋中充塞此种小说之知识，略经扣诘，其答若响，如村塾儿童背诵《大学》焉。是故社会有种种无谓之习惯，与夫愚夫愚妇，目不识丁，而忽有节孝行为，其事皆索解人不得，即而按之，无非间接受此等小说之影响。彼圣经贤传无与，也是社会风俗俚俗之小说造成之矣。不佞能小力薄，踌躇满志，觉能为社会尽力者盖寡，无已，其治小说，庶几不贤志小乎，此《小说海》所以刊也。《小说海》非海也，杂志而已。窃取《古今说海》名以为名耳。杂说、谐文、丛译，汇而录之，月刊一册，非片段文字，抑无取乎高深，此所以杂也。海从水从每，每训盛，于文为会意，故举以名汪洋巨浸，浮天无岸者，假借以名吾杂志，是必吐辞滂沛，含意绵邈，与彼泱莽澹泞者，得其近似，庶几名副其实，然而今兹所为，卷不过七十页，文不足十万言，纸幅广袤，才五寸许，置之衣囊中，如无物也。此一勺水之多耳。恶在其为海哉！虽然，《逍遥游》曰：'覆杯水于坳堂之上，则芥为之舟，芥为舟，斯坳堂为海矣。'非敢以吾说方海，特比之说海，犹坳堂云耳。故袭说海名，又从而小之。此《小说海》所以名也。夫文字随时代为转移，今世科学盛行，国文之用，日趋简便，绮靡诡谲，无所用之，浸假治小说而从事饾饤獭祭，甚无谓也。然所谓俚俗者，要当所言有隽味，有至理，不然，酒店账簿，街头市招，皆可以充篇幅，其不覆瓿者几希，传曰，言之无文行之不远，所谓文非藻绘之谓，能达人所不能达之谓，故曰：辞达而已矣。吾侪执笔为文，非深之难，而浅之难，非雅之难，而俗之难，知此中甘苦者，当不以吾为失言，蕲能以深入显出之笔墨，竟小说之作用，如是而已。今兹未能，悬此语以为进行之鹄耳，此《小说海》之宗旨也。"短篇"栏刊载《故宫艳迹》，延陵，文言；《女装警察》，天笑、毅汉，文言；《毕密司复仇记》(何爽氏原著)，闲云山人译，文言；《粉兵鸳阵记》，拜鹃，文言；《破涕为笑》，瞻庐，文言；《安伯王》，Houa. Lin，文言；《新旧因缘》，廖旭人，文言；《吴宸晋》，许家枟，文言；《一声雷》，竞夫，文言；《红花铺》，指严，文言。"长篇"栏刊载《碧血鸳鸯》，英国蔡尔斯掰弗师著，沈焜、印剑鸣，文言；《黑籍魂》，待飞生，白话章回。"杂俎"栏刊载《红楼梦新评》，季新。刊载唯一无二之奇书《清宫二年记》广告。刊载"商务印书馆出版林琴南先生译"小说广告，下列详细书目。刊载吴翊亭先生所辑《旧小说》广告。刊载中国图书公司和记出版广告："军事小说，觉我、天笑译《英德战争未来记》上册定价四角半，下册定价五角，是书为英国卫黎雅原著，以世界大眼光，预料英德国际竞争之必出于战，情节奇诡，文笔锐厉，诚军事小说之名著也。裁判小说，吴亶中译《棠花怨》，一册定价四角五分，是书为法国小说巨子雷科氏原著，分为四十章，自授金狙击以至泥瘗罪忏，情节奇异，趣味深永，为近今裁判小说各书所仅见。言情小说，黻臣、铁汉译，《绿阴絮语》，一册定价二角，是书为英国小说家毛登原著，分为还乡、遇雨、试情、怀德、质疑、惊异、述难、叙旧八章，情文并茂，章法细密，言情小说之杰作也。"刊载中国图书公司和记出版广告："侦探小说《英伦之女贼》，恽铁樵译，一册定价三角，是书于青年之堕落，美人之情爱，贯串离奇，而其调查之细密，裁判之精慎，尤足为侦探家及司法官之好模范。侦探小说《奇瓶案》，吴紫崖译，一册四角，是书亦聂氏奇案之一，开卷破空而来，神妙不可思议，前后情节，变幻百出，于西洋社会情状，尤能活现纸上。《美人唇》，冶孙不才译，一册二角，是书叙大侦探家聂格卡脱所侦查之一奇案，情节变幻，趣味浓深，读之可知侦探家手腕之奇妙。"刊载"本社征文"广告："本杂志月出一册，内分短篇小说，杂著，诗词及小品文字，应有尽有，民国四年阳历一月出版第一号以后按月出书，海内宏达，若以译著见惠，无任欢迎（润格每千字自一元至三元），惟原稿在三千字以内者，用否概不璧还，特此奉告。《小说海》社谨启。"《小说海》编辑人黄山民，发行所上海中国图书公司和记。

同日，《申报》"自由谈"之小说栏刊载家庭小说《嫣红劫》（续）常觉、小蝶合译，天虚我生润文，文言。刊载滑稽短篇《王小二过年记》，钝根，文言。

同日，《时报》刊载"《小说丛报》社添设发行所广告"："在上海四马路大新街口四百四十三号门牌，于阳历正月二号开张。"小说栏刊载讽刺小说《残疾国》，潜时，白话。"余兴"栏刊载滑稽短篇《万杞良》，今醉，白话。

同日，《神州日报》"神皋杂俎"栏刊载短篇小说《新年旧思想》，老谈，文言。刊载《莲台情劫》，延陵，文言。

同日，《新闻报》"快活林"刊载滑稽短篇《流氓》，灏森，文言。刊载言情小说《情血》，东垫，文言。刊载《红羊佚闻》出版广告。小说栏刊载滑稽小说《水浒拾遗》，子春，白话章回。

02 日 《礼拜六》第三十一期刊载清秘史录异《鱼壳外传》，指严，文言。刊载惨情小说《美人之头》，法国文豪大仲马著，瘦鹃译，文言。刊载侦探小说《蓝猿》，文言。刊载实事小说《疗妒》（译《大陆报》），半侬，文言。刊载战事趣闻《情痴》，藜青，文言。刊载福尔摩斯最新探案《恐怖窟》（续），科南里原著，常觉、小蝶合译，文言。刊载国际秘密侦探小说《秘密之府》（续二十八期），William Le Queux 原著，太常仙蝶译，文言。

同日，《时报》小说栏刊载讽刺小说《残疾国》，潜时，白话。

同日，《神州日报》"神皋杂俎"栏刊载《莲台情劫》，延陵，文言。

03 日 《申报》"自由谈"之小说栏刊载家庭小说《嫣红劫》（续）常觉、小蝶合译，天虚我生润文，文言。刊载痴情小说《美女花》，原名塞里爱侯爵之美女，*Mlle dp la Seigliere*，法国桑滔著 *Fales Sandeall.* 中华民国小山、梅郎合译，文言。

同日，《时报》小说栏刊载讽刺小说《残疾国》，潜时，白话。"余兴"栏刊载纪事小说《可怜》，麦振华，文言。

同日，《神州日报》"神皋杂俎"栏刊载《莲台情劫》，延陵，文言。刊载哀情小说《金约指》，观奕，文言。

同日，《新闻报》"快活林"刊载滑稽小说《错认刘郎作阮郎》，高洁，文言。刊载言情小说《情血》，东垫，文言。小说栏刊载滑稽小说《水浒拾遗》，子春，白话章回。

04 日 《申报》"自由谈"之小说栏刊载家庭小说《嫣红劫》（续）常觉、小蝶合译，天虚我生润文，文言。刊载痴情小说《美女花》，原名塞里爱侯爵之美女，*Mlle dp la Seigliere*，法国桑滔著 *Fales Sandeall.* 中华民国小山、梅郎合译，文言。

同日，《时报》"余兴"栏刊载游戏短篇《新惊鸿影》，（嵌新惊鸿影美人名），佑民，文言。

同日，《新闻报》"快活林"刊载滑稽小说《苏味道》，觉庵，文言。刊载言情小说《情血》，东垫，文言。小说栏刊载滑稽小说《水浒拾遗》，子春，白话章回。

05 日 《妇女杂志》第一卷第一号刊载商务印书馆"年假奖品，新年赠品"广告："时值年假，学校恒以奖品鼓舞学生之兴趣，下列个数，适合初高小学校之用，以为奖品，最为合宜。时值新年，世俗多以食物玩品赠戚族之儿童，然不若赠以有益之图书，俾于游戏之中，增长德智，尤为有益"，内列书目中有小说"《童话》，第一集、第二集，每册五分、一角，情节奇诡，宗旨纯正，文字亦极浅显，最适儿童之用。《新说书》，二集各一角二，以各科学为材料，而以浅白文字描写之，领会自易"。刊载商务印书馆出版德琳著"唯一无二之奇书《清宫二年记》"广告。"小说"栏刊载《黄鹂语》，红豆村人，文言；《寒泉一掬》，西神，文言；《德皇之侦探》(一名《侦探之侦探》)，英国 William Le Quenx 原著，韵唐，白话。《妇女杂志》，编辑人无锡王蕴章，总发行所上海商务印书馆。《妇女杂志》为妇女刊物，主张男女平等，提倡发展女子教育，发表有关妇女解放的论著，内容分论说、学艺、农政、名著、小说、译海、文苑、美术、杂俎、传记、纪载、余兴。民国四年一月五日起，至民国二十年十二月一日止，共出十七卷。

同日，《申报》"自由谈"之小说栏刊载家庭小说《嫣红劫》(续)常觉、小蝶合译，天虚我生润文，文言。刊载痴情小说《美女花》，原名塞里爱侯爵之美女，*Mlle dp la Seigliere*，法国桑滔著 Fales Sandeall. 中华民国小山、梅郎合译，文言。

同日，《时报》小说栏刊载讽刺小说《残疾国》，潜时，白话。"余兴"栏刊载纪事小说《可怜》，麦振华，文言。

同日，《神州日报》"神皋杂俎"栏刊载《莲台情劫》，延陵，文言。刊载哀情小说《金约指》，观奕，文言。

同日，《新闻报》"快活林"刊载滑稽小说《小犬》，真如，文言。刊载言情小说《情血》，东垫，文言。

06 日 《申报》"自由谈"之小说栏刊载家庭小说《嫣红劫》(续)常觉、小蝶合译，天虚我生润文，文言。刊载痴情小说《美女花》，原名塞里爱侯爵之美女，Mlle dp la Seigliere，法国桑滔著 Fales Sandeall. 中

篇《逆来顺受》，啸洞，文言；《女儿红》（续第三集），双热，文言；侦探小说《英人失踪案》，松笠译，文言；滑稽短篇《我是乞儿》，一寒，白话；短篇小说《滑稽尚武》，肝若，文言。刊载枕亚杰作《玉梨魂》广告。刊载"秋心说部第一集出版"广告："内容四种，（一）《刺虎盟鸳记》，（二）《铁血红丝》，（三）《蛛丝怨》，（四）《兰因》，定价五角。"刊载"人人欢迎之小说"广告，内有《孽冤镜》《兰娘哀史》《铁冷丛谈》。

同日，《申报》"自由谈"之小说栏刊载家庭小说《嫣红劫》（续）常觉、小蝶合译，天虚我生润文，文言。刊载痴情小说《美女花》，原名塞里爱侯爵之美女，*Mlle dp la Seigliere*，法国桑滔著 Fales Sandeall. 中华民国小山、梅郎合译，文言。

同日，《时报》"余兴"栏刊载纪实小说《中流夜号》，闷，文言。

同日，《神州日报》"神皋杂俎"栏刊载《莲台情劫》，延陵，文言。刊载《窃宝》，译英国孟司杂志，石秋，白话。

同日，《新闻报》"快活林"刊载滑稽短篇《滑稽戒烟》，瘦蝶，文言。刊载孽情小说《一妻三夫》，律西，文言。小说栏刊载滑稽小说《水浒拾遗》，子春，白话章回。

11 日 《申报》"自由谈"之小说栏刊载家庭小说《嫣红劫》（续）常觉、小蝶合译，天虚我生润文，文言。刊载痴情小说《美女花》，原名塞里爱侯爵之美女，*Mlle dp la Seigliere*，法国桑滔著 Fales Sandeall. 中华民国小山、梅郎合译，文言。刊载"《小说旬刊》《十日新》第四期出版，定价一角"广告。刊载"征求旧稿"广告。"哀情小说《二乔蜕恨》现已出版"广告："是书为欸乃先生及晕霞女士同著，欸乃文学优长，著述隆富，女士系新会人，家学渊源，其父名孝廉，幼即弃书效男儿咿唔咕哔从学于学校有年，博闻强记，师常谓曰，此未来不杮进士也，嗣列充各女校教员，艺日以进，与欸乃笔墨无分轩轾，欸乃曾有著述刊于《礼拜六》，署名乃者便是，晕霞则于津京报见之，兹经本社浼其同著是书数四而始首肯，经三月而告成功，急印以行世，想爱阅二人之著作者，必乐购置，先睹为快也。封面珂罗版二乔并肩图，并有晕霞女士玉照一帧冠厥册首，装订精良，定价大洋四角，总代发行所上海四马路国华书局分售处各大书局。八和小说社谨启。"

同日，《神州日报》"神皋杂俎"栏刊载《窃宝》，译英国孟司杂志，石秋，白话。刊载短篇小说《海上救难》，瑟庐译，文言。

同日，《新闻报》"快活林"刊载刊载滑稽短篇《龟鳖之争》，青选，文言。刊载滑稽小说《丑与盲》。

12 日 《申报》"自由谈"之小说栏刊载家庭小说《嫣红劫》（续）常觉、小蝶合译，天虚我生润文，文言。刊载痴情小说《美女花》，原名塞里爱侯爵之美女，*Mlle dp la Seigliere*，法国桑滔著 Fales Sandeall. 中华民国小山、梅郎合译，文言。

同日，《时报》小说栏刊载理想小说《世界末日》，重远，文言。"余兴"栏刊载纪实小说《查栈两军官》，迷信，文言。

同日，《神州日报》刊载中华书局发行"民国斯乃纳一月《中华小说界》出版"广告。"神皋杂俎"栏刊载《窃宝》，译英国孟司杂志，石秋，白话。刊载短篇小说《呆女》，应鏊，文言。

同日，《新闻报》"快活林"刊载警世小说《知县老爷之末路》，狮儿，文言。刊载滑稽小说《丑与盲》，半侬，白话。小说栏刊载滑稽小说《水浒拾遗》，子春，白话章回。

13 日 《申报》"自由谈"之小说栏刊载家庭小说《嫣红劫》（续）常觉、小蝶合译，天虚我生润文，文言。刊载痴情小说《美女花》，原名塞里爱侯爵之美女，*Mlle dp la Seigliere*，法国桑滔著 Fales Sandeall. 中华民国小山、梅郎合译，文言。

同日，《时报》小说栏刊载理想小说《世界末日》，重远，文言。"余兴"栏刊载社会小说《不堪回忆》，再芸，白话。

同日，《神州日报》"神皋杂俎"栏刊载《窃宝》，译英国孟司杂志，石秋，白话。刊载短篇小说《痴情劫》，我憨，文言。

同日，《新闻报》"快活林"刊载滑稽小说《医腿》，恨公，文言。刊载滑稽小说《丑与盲》，半侬，白话。小说栏刊载滑稽小说《水浒拾遗》，子春，白话章回。

14 日 《申报》"自由谈"之小说栏刊载家庭小说《嫣红劫》(续)常觉、小蝶合译，天虚我生润文，文言。刊载痴情小说《美女花》，原名塞里爱侯爵之美女，*Mlle dp la Seigliere*，法国桑滔著 Fales Sandeall. 中华民国小山、梅郎合译，文言。

同日，《神州日报》"神皋杂俎"栏刊载《窃宝》，译英国孟司杂志，石秋，白话，至本年 1 月 18 日。刊载短篇小说《痴情劫》，我憨，文言，至本年 1 月 18 日。

同日，《新闻报》"快活林"刊载滑稽短篇《游戏测字》，觉庵，文言。刊载滑稽小说《丑与盲》，半侬，白话。

15 日 《大同月报》第一期无小说刊载，惟有"笔记"栏。《大同月报》每月一册，编辑所上海北四川路一百四十三号。

同日，《申报》"自由谈"之小说栏刊载家庭小说《嫣红劫》(续)常觉、小蝶合译，天虚我生润文，文言。刊载痴情小说《美女花》，原名塞里爱侯爵之美女，*Mlle dp la Seigliere*，法国桑滔著 Fales Sandeall. 中华民国小山、梅郎合译，文言。刊载"《红羊佚史》出版"广告。刊载"香艳小说《古今艳史》"广告："是书为蛟川抱残生所编，擅润古雕今之技，集班香宋艳之文，有美必收，无征不信，体裁仿小说，编次若传记，字字生香，言言霏玉，如披百美图，如读列女传，增益见闻，则饶兴味，洵为女界中放一异彩，洋装二册，定价六角。《海外新奇谈丛话》(洋装一厚册，定价二角半)，是书译世界奇闻、五洲异事，辑为一编，其事实为吾人闻所未闻，阅者得之，非但足资谈助，且可增进智识，盖欧美各国之小说，其旨趣往往与科学互相发明，较诸怪诞无稽之说部，其裨益实非浅鲜也。滑稽小说《曼倩新语》(洋装一厚册，定价二角半)，游戏文章虽为人所乐观，然陈陈相因、旨趣雷同者正复不少。是编文辞隽永，理想新颖，以曼倩之妙笔，记世界之趣事，足令阅者捧腹，诚消遣之良品也。痴情小说《焚鸳鸯》(洋装一册，定价二角)，是书为小说家治逸君所撰，摹写男女之痴情，叙述家庭教育及婚姻不良之害，致哀情难轨于正，情节奇幻，结构佳妙，令人不可思议，诚近日小说界之别开生面者。总发行所上海老北门内清盈里晋益书局，寄售处扫叶山房、广益书局。中华图书馆●国华书局。"

同日，《时报》小说栏刊载理想小说《世界末日》，重远，文言。

同日，《新闻报》"快活林"刊载滑稽短篇《智勇兼备》，拙弇，文言。刊载滑稽小说《丑与盲》，半侬，白话。小说栏刊载滑稽小说《水浒拾遗》，子春，白话章回。

16 日 《礼拜六》第三十三期刊载清代秘史《章皇外纪》，天白，文言。刊载警世小说《呜呼……战》（一名《战之罪》），瘦鹃，文言。刊载警世小说《厨娘》，尘梦，文言。刊载社会小说《百万法郎》，梅郎，文言。刊载军事小说《爱妻与爱国》，峡猿，文言。科学小说《吾得之矣》，鹏魂译，文言。刊载国际秘密侦探小说《秘密之府》（续），William Le Queux 原著，太常仙蝶译，文言。刊载侠情小说《剑胆箫心》（六续），文言。

同日，《申报》"自由谈"之小说栏刊载家庭小说《嫣红劫》（续）常觉、小蝶合译，天虚我生润文，文言。刊载痴情小说《美女花》，原名塞里爱侯爵之美女，*Mlle dp la Seigliere*，法国桑滔著 Fales Sandeall. 中华民国小山、梅郎合译，文言。

同日，《时报》小说栏刊载理想小说《世界末日》，重远，文言。"余兴"栏刊载奇情小说《新郎误》，再芸，文言。

同日，《新闻报》"快活林"刊载滑稽短篇《种子之误会》，售蝶，文言。刊载滑稽小说《丑与盲》，半侬，白话。

17 日 《七襄》第八期刊载短篇《弱女复仇记》，绮缘原稿，倦鹤润色，文言。刊载短篇《阿翠》，无愁，文言。刊载短篇《崔楚》，朴庵，文言。刊载短篇《梅仙》，天逸原稿，倦鹤润色，文言。刊载长篇地理小说《亚美利加访古记》，寄尘，白话。刊载长篇侦探小说《霍笃士忏悔记》（续），劫灰，白话。刊载长篇《古戍寒笳记》（续），小凤，白话章回。

同日，《申报》"自由谈"之小说栏刊载家庭小说《嫣红劫》（续）常觉、小蝶合译，天虚我生润文，文言。刊载痴情小说《美女花》，原名塞里爱侯爵之美女，*Mlle dp la Seigliere*，法国桑滔著 Fales Sandeall. 中华民国小山、梅郎合译，文言。

同日，《时报》"余兴"栏刊载理想短篇《男女平权》，（读今醉君女子世界），含寒，白话。

同日，《新闻报》"快活林"刊载滑稽小说《新念秧》，方士，文言。刊载滑稽小说《丑与盲》，半依，白话。刊载国华书局布告"出类拔萃之杂志《小说新报》出版先声"广告。小说栏刊载滑稽小说《水浒拾遗》，子春，白话章回。

18 日 《申报》"自由谈"之小说栏刊载家庭小说《嫣红劫》（续）常觉、小蝶合译，天虚我生润文，文言。刊载短篇小说《珍珠岛》，原名 *Pearl Island*，磨剑，白话。

同日，《时报》小说栏刊载侦探小说《一挂珠》，再芸，文言。

同日，《新闻报》"快活林"刊载滑稽短篇《饮冰》，阿佛，白话。刊载侦探小说《保罗别墅之惨剧》，常觉、见心合译，独鹤润文，文言。刊载"《二乔蜕恨》现已出版"广告。小说栏刊载滑稽小说《水浒拾遗》，子春，白话章回。

19 日 《申报》"自由谈"之小说栏刊载家庭小说《嫣红劫》（续）常觉、小蝶合译，天虚我生润文，文言。刊载短篇小说《珍珠岛》（续），原名 *Pearl Island*，磨剑，白话。

同日，《时报》小说栏刊载侦探小说《一挂珠》，再芸，文言。"余兴"栏刊载教育小说《小学生》，重远戏墨，白话。

同日，《神州日报》"神皋杂俎"栏刊载哀情小说《井心》，延陵，文言。刊载香艳记载《杨氏女》，筑公，文言。

同日，《新闻报》"快活林"刊载滑稽小说《偷酱先生》，瞻庐，文言。刊载侦探小说《保罗别墅之惨剧》，常觉、见心合译，独鹤润文，文言。刊载《葡萄劫》上卷出版广告。

20 日 《大中华》第一卷第一期刊载《石麟移月记》，英国马格内原著，闽县林纾笔述，静海陈家麟译意，文言。刊载侦探小说《段光清》，署名"肖"，文言，至《大中华》1915 年 2 月 20 日止。

同日，《公言》第一卷第三号刊载社会小说《照妖镜》，燕客，白话章回；《孤天侠影》，谭觉民，文言。

同日，《申报》"自由谈"之小说栏刊载家庭小说《嫣红劫》（续）常觉、小蝶合译，天虚我生润文，文言。刊载滑稽小说《新马浪荡》，笑余，白话。

同日，《时报》小说栏刊载侦探小说《一挂珠》，再芸，文言。"余兴"栏刊载实事小说《女稽查》，□□，文言。

同日，《神州日报》"神皋杂俎"栏刊载哀情小说《井心》，延陵，文言。刊载警世小说《薄倖郎》，亦民，文言。

同日，《新闻报》"快活林"刊载滑稽短篇《睹人思物》，恨公，文言。刊载侦探小说《保罗别墅之惨剧》，常觉、见心合译，独鹤润文，文言。

21 日 《申报》"自由谈"之小说栏刊载家庭小说《嫣红劫》（续）常觉、小蝶合译，天虚我生润文，文言。刊载短篇小说《珍珠岛》（续），原名 Pearl Island，磨剑，白话。刊载滑稽小说《新马浪荡》，笑余，白话。

同日，《时报》刊载民权出版部广告："《民权素》第四集出版。《葡萄劫》上卷出版，五角，是书为泰西名著，经陆秋心先生笔译，载诸《民立报》，典雅畅达，早有定评，书中主旨为希腊志士不堪土耳其之横暴，揭竿起义，光复故土，于历史上有极大之关系，非漫以革命故实为侈张者可比。且中间录以儿女情爱，有声有色，可歌可泣，能令读者一往情深。举凡种族观念、军事知识、国民思想，油然充切于脑际，诚出版界空前之巨著也。全书二十万言，分上下两卷，下卷尚未印竣，以远近要求先睹，兹特先将上卷发行，下卷准二月一号出版，上卷五角，下卷六角。秋心说部第一集：内容四种(一)《剑□盟鸳记》，(二)《铁血红丝》，(三)《蛛丝怨》，(四)《兰因》。定价五角。书目：《玉梨魂》六角，《锦囊》五角，《破涕录》三角，《冤孽镜》五角，《铁冷丛谈》五角，《蝶花劫》五角，《兰娘哀史》二角，《勃雷克探案》二角。总发行所民权出版部，上海四马路麦家圈东口。"

同日，《神州日报》"神皋杂俎"栏刊载哀情小说《井心》，延陵，文言。刊载醒世小说《巧妇粥》，筑公，文言。

同日，《新闻报》"快活林"刊载滑稽短篇《十周纪念》，时芳，文言。刊载侦探小说《保罗别墅之惨剧》，常觉、见心合译，独鹤润文，文言。

22 日　《申报》"自由谈"之小说栏刊载家庭小说《嫣红劫》(续)常觉、小蝶合译，天虚我生润文，文言。刊载短篇小说《珍珠岛》(续)，原名 *Pearl Island*，磨剑，白话。刊载滑稽小说《新马浪荡》，笑余，白话。

同日，《时报》刊载"旬刊小说《上海滩》四期出版，每册一角广告"，内附其简目。刊载"商务印书馆《教育杂志》第六卷、《小说月报》第五卷第十期至十二期全行出版"广告："本馆出版之教育杂志第六卷，小说月报第五卷，民国三年内应出至第九期为止，今为购阅诸君便利起见，特定划一办法，将教育杂志、小说月报之第十第十一第十二三号同于三年十二月内出齐，此后四年一月出版者，即均为第一号，以后按月出版，悉准此例，俾号数与月数不致参差，诸君购阅，亦易记忆，此布。"刊载《小说海》出版广告。小说栏刊载家庭小说《老农谈》，醒民，文言。

同日，《神州日报》"神皋杂俎"栏刊载哀情小说《井心》，延陵，文言。刊载醒世小说《巧妇粥》，筑公，文言。

同日，《新闻报》"快活林"刊载滑稽小说《唐虞梦》，野蛮，文言。刊载侦探小说《保罗别墅之惨剧》，常觉、见心合译，独鹤润文，文言。

23 日　《礼拜六》第三十四期刊载义侠小说《五年之约》，英国 TOM GALLON 著，瘦鹃译，白话。刊载惨情小说《侬误矣》，南邨，文言。

刊载警世小说《黄粱恶梦》，藜青，文言。刊载哀情小说《覆水怨》，恨人，文言。刊载社会小说《柳苦儿》，杏痴，文言。刊载哀情小说《二芳惨史》，恕公，文言。刊载国际秘密侦探小说《秘密之府》（续），William Le Queux 原著，太常仙蝶译，文言。

同日，《申报》"自由谈"之小说栏刊载家庭小说《嫣红劫》（续）常觉、小蝶合译，天虚我生润文，文言。刊载短篇小说《珍珠岛》（续），原名 Pearl Island，磨剑，白话。刊载滑稽小说《新马浪荡》，笑余，白话。

同日，《时报》刊载滑稽小说《利口冰人》，今醉，白话。

同日，《神州日报》"神皋杂俎"栏刊载哀情小说《井心》，延陵，文言。刊载警世小说《薄倖郎》，亦民，文言。

同日，《新闻报》"快活林"刊载滑稽小说《假强盗》，爱楼，文言。刊载侦探小说《保罗别墅之惨剧》，常觉、见心合译，独鹤润文，文言。小说栏刊载滑稽小说《水浒拾遗》，子春，白话章回。

24 日　《申报》"自由谈"之小说栏刊载家庭小说《嫣红劫》（续）常觉、小蝶合译，天虚我生润文，文言。刊载短篇小说《珍珠岛》（续），原名 Pearl Island，磨剑，白话。刊载滑稽小说《新马浪荡》，笑余，白话。刊载告示："爱读小说诸君请注意此页后面尚有小说广告。"刊载"《葡萄劫》上卷出版"广告。

同日，《时报》刊载纪事小说《候补知事之穷途泪》，骇俗，白话。

同日，《神州日报》"神皋杂俎"栏刊载哀情小说《井心》，延陵，文言。刊载警世小说《薄倖郎》，亦民，文言。

同日，《新闻报》"快活林"刊载滑稽短篇《开通元宝钱》，觉庵，文言。刊载侦探小说《保罗别墅之惨剧》，常觉、见心合译，独鹤润文，文言。

25 日　《中华学生界》第一卷第一期刊载少年小说《终身恨事》，半侬，文言；医学小说《病菌大会议》，天笑生，白话。《中华学生界》，上海中华书局发行。

同日，《申报》"自由谈"之小说栏刊载家庭小说《嫣红劫》(续)常觉、小蝶合译，天虚我生润文，文言。刊载短篇小说《珍珠岛》(续)，原名 *Pearl Island*，磨剑，白话。刊载滑稽小说《新马浪荡》，笑余，白话。

同日，《时报》刊载纪事小说《候补知事之穷途泪》，骇俗，白话。

同日，《神州日报》"神皋杂俎"栏刊载哀情小说《井心》，延陵，文言。刊载警世小说《薄倖郎》，亦民，文言。

同日，《新闻报》"快活林"刊载社会小说《换戒指》，高洁，文言。刊载侦探小说《保罗别墅之惨剧》，常觉、见心合译，独鹤润文，文言。小说栏刊载滑稽小说《水浒拾遗》，子春，白话章回。

同日，《中华小说界》第二卷第一期刊载"定购《中华小说界》诸君鉴"："凡承定购《中华小说界》者请将左方定单裁下，填明住址，与应付价银、邮费一并惠寄上海抛球场中华书局总发行所，当即按期寄奉不误，特此谨白。

《中华小说界》定单

今定

贵局中华小说界　　年　份　　册，奉上价银　　元　　角，连同邮费洋　元　角　分即请　一并察收后　查照下开住址按期寄下，为盼，此致。

中华书局　台照

民国　年　月　日　具"。

"论著"栏刊载《告小说家》，梁启超。"短篇"栏刊载社会小说《黑帏》，毅汉、天笑，文言；讽世小说《黄金美人》，瞻庐，文言；寓言小说《蟒王蛇》，逃时，文言；言情小说《未完工》，半侬、省吾，文言；侦探小说《箱中尸》，春岩，文言。"长篇"栏刊载哀情小说《归梦》，湘影，白话；历史小说《劫外昙花》，林纾，文言。"来稿俱乐部"栏刊载《嘉陵行记之一》《嘉陵行记之二》《嘉陵行记之三》，杨庆麟，文言；《大金》，剑影，文言；《相面谭》，轶池，文言。"名著"栏刊载《古今笔记平议》，瓶庵，前有瓶庵附识："予四五年前，曾有《新小说提要》之作，后阅各报中新书绍介及商务印书馆自撰小说广告，已备大凡，因遂中辍。比来主任《中华小说界》，遍购各种笔记小说读之，踵续前旨，随笔纪述，撮其要略，附以评议，一得之见，自多未当，殆如俗说所云戴红玻璃者所见皆红，蓝玻璃者所见皆蓝，姑备一格而已，阅者谅之。古今笔记，不下千数百种，此编随阅随作，不复依时代为次序，俟将来全书成后，另行订正。凡论列一事，必有其眼光与宗旨所在，然后能系统分明，自树一帜，此编之作，遍见谬论，明知必贻讥大雅，然适成其为瓶庵之眼光、瓶庵之宗旨也。海内外读者，如有匡驳，务乞随时赐教，以当师事而备修正。近代私家著述，或未刊板，或已刊板而流传不广者，若蒙惠寄以扩眼界，尤所欢迎。"此期论《梦谈随录》《庸闲斋笔记》《平等阁笔记》《雨窗志异》《游乐琐记》《栖霞阁野乘》。

26 日 《申报》"自由谈"之小说栏刊载家庭小说《嫣红劫》(续)常觉、小蝶合译，天虚我生润文，文言。刊载短篇小说《珍珠岛》(续)，原名 Pearl Island，磨剑，白话。刊载滑稽小说《新马浪荡》，笑余，白话。

同日，《时报》刊载纪事小说《车夫泪》，喆子，文言。

同日，《爱国白话报》"醒睡录"栏开始刊载《珍珠冠》，剑胆，白话。

同日，《神州日报》刊载"上海改良新小说社特别启事"："敬启者，本社《十日》《新朔望》二书出版以来，定购全年或半年者日有数起，颇蒙各界诸君所欢迎，兹以年关在即，编辑主任因事无暇兼顾，不得已将二书暂停二三期，准于阴历正月十五日以后按期继续出书，源源不绝，以副爱读诸君雅意。""神皋杂俎"栏刊载哀情小说《井心》，延陵，文言。刊载警世小说《薄倖郎》，亦民，文言。——1915 年 1 月 29 日《神州日报》"神皋杂俎"栏刊载哀情小说《井心》，延陵，文言。刊载警世小说《薄倖郎》，亦民，文言。

同日，《新闻报》"快活林"刊载滑稽短篇《储蓄票之梦》，雪鸠，文言。刊载侦探小说《保罗别墅之惨剧》，常觉、见心合译，独鹤润文，文言。

27 日 《七襄》第九期刊载短篇《阿娜恨史》，中冷，文言。刊载短篇《鼠技》，冥飞，文言。刊载短篇《梅仙》(续)，天逸原稿，倦鹤润色，文言。刊载短篇《乞儿语》，绮缘，白话。刊载长篇地理小说《亚美利加访古记》，寄尘，白话。刊载长篇侦探小说《霍笃士忏悔记》(续)，劫灰，白话。

同日，《申报》"自由谈"之小说栏刊载家庭小说《嫣红劫》(续)常觉、小蝶合译，天虚我生润文，文言。刊载滑稽小说《假面》，又名《丑人之易形术》，剑秋，白话。

同日，《时报》刊载中国侦探《发》，孝宗，文言。刊载纪事小说《车夫泪》，喆子，文言。

同日，《新闻报》"快活林"刊载滑稽短篇《香屁》，猷父，文言。刊载侦探小说《保罗别墅之惨剧》。

28 日 《申报》"自由谈"之小说栏刊载家庭小说《嫣红劫》(续)常觉、小蝶合译，天虚我生润文，文言。刊载短篇小说《珍珠岛》(续)，原名 Pearl Island，磨剑，白话。刊载滑稽小说《假面》，又名《丑人之易形术》(续)，剑秋，白话。

同日，《时报》刊载中国侦探《发》，孝宗，文言。刊载短篇社会《冰天雪地中之两种声浪》，含寒，叙述文言，对话白话。

同日，《新闻报》"快活林"刊载滑稽短篇《大小大夫》，觉庵，文言。刊载侦探小说《保罗别墅之惨剧》，常觉、见心合译，独鹤润文，文言。

29 日 《申报》"自由谈"之小说栏刊载家庭小说《嫣红劫》(续)常觉、小蝶合译，天虚我生润文，文言。刊载短篇小说《珍珠岛》(续)，原名 Pearl Island，磨剑，白话。刊载滑稽小说《假面》，又名《丑人之易形术》(续)，剑秋，白话。

同日，《时报》刊载中国侦探《发》，孝宗，文言。刊载社会小说《律师毒》，净言，文言。

同日，《新闻报》"快活林"刊载滑稽短篇《谐著……野猪》，阿佛，文言。刊载侦探小说《保罗别墅之惨剧》，常觉、见心合译，独鹤润文，文言。

30 日 《礼拜六》第三十五期刊载伦理小说《孝女歼仇记》，瘦鹃译，文言。刊载诙奇小说《碧髯》，天白译，文言。刊载警世小说《牢狱之风味》，藜青，文言。刊载滑稽短篇《江森林彼得之靴》，尺木，文言。刊载滑稽短篇《济贫医院》，天愤，文言。刊载诙谐小说《食无鱼》，息游，文言。刊载轶闻短篇《女侠》，杏痴，文言。刊载科学小说《微生物趣谈》，史九成译，文言。刊载滑稽小说《错认女婿》，屈蠖，文言。刊载福尔摩斯最新探案《恐怖窟》(续)，科南里原著，常觉、小蝶合译，文言。刊载国际秘密侦探小说《秘密之府》(续)，William Le Queux 原著，太常仙蝶译，文言。

同日，《申报》"自由谈"之小说栏刊载家庭小说《嫣红劫》(续)常觉、小蝶合译，天虚我生润文，文言。刊载滑稽小说《假面》，又名《丑人之易形术》(续)，剑秋，白话。

同日，《时报》刊载中国侦探《发》，孝宗，文言。刊载社会小说《律师毒》，净言，文言。

同日，《神州日报》"神皋杂俎"栏刊载科学寓言《弭兵会》，迦瑟，文言。刊载警世小说《薄倖郎》，亦民，文言，至本年 2 月 6 日止。

同日，《新闻报》"快活林"刊载滑稽短篇《吃书温饭》，恨公，文言。刊载苦情小说《妾薄命》，恨人，文言。

31 日 《申报》"自由谈"之小说栏刊载短篇小说《珍珠岛》(续)，原名 *Pearl Island*，磨剑，白话。刊载滑稽小说《假面》，又名《丑人之易形术》(续)，剑秋，白话。

同日，《时报》刊载中国侦探《发》，孝宗，文言。刊载短篇纪事《虐婢报》，浦渔，文言。

同日，《新闻报》"快活林"刊载滑稽短篇《无须官》，蜉渔，文言。

刊载苦情小说《妾薄命》，恨人，文言。

　　发生于本月但日期不详之事件

　　《繁华杂志》第五期"香奁"栏刊载《论新年与新小说之关系》，休宁程小珠，文言；刊载短篇家庭小说《瑶姊宁家记》，琼仙，文言；刊载怨情小说《蘼芜怨》，韵清女史著，文言。"小说林"栏刊载言情小说《误解结婚》（续），老谈，文言。刊载传记小说《意索小传》，稚龙，文言。刊载侦探小说《迷藏函》，树声，文言。刊载滑稽小说《琴克司轶事》，东垄译，白话。刊载福尔摩斯新侦探案《赤环党》，英国科南达利原著，羁魂、瘦菊合译，文言。刊载《弱妹奇冤》（续），休宁程华魂，文言。刊载欢情小说《得意缘》（集戏名），颍川秋水，文言。刊载纪事小说《我之新年》，钱香如，白话。刊载社会小说《续海上繁华梦初集卷之二》，海上警梦痴仙孙漱石著，白话章回。"粉墨场"栏刊载《小说与脚本》，报癖，文言。

　　《女子世界》第一期刊载"中华图书馆简要书目广告（笔记游记杂说部）"，内有《泪珠缘》初二三四五集，每集四角，社会小说《自由花》（印刷中）、《宵光剑》五角，《雍正剑侠奇案》前编三册，一元五角，《足本聊斋志异》（同文本），二元，《阅微草堂笔记》五角，《女聊斋》六角，《夜雨秋灯录》（印刷中），《鸿雪姻缘》一元二角、《唐人说荟》洋纸二元，本纸二元五角，《豆棚闲话》（印刷中）。"说部"栏刊载言情小说《他之小史》，漱馨女士口述，天虚我生戏绎，文言。刊载警世小说《十年一梦》（一名妾之遭际），湘筠述，指严著，文言。刊载哀情小说《恋情帝》，吴门瘦鹃译，文言。刊载滑稽小说《胡礼氏之笑史》，栩园造意，小蝶戏编，文言。刊载侠情小说《玛珀奇缘》，醉灵，文言。刊载写情小说《怪指环》，常觉、小蝶同译，文言。刊载"泉塘陈蝶仙先生著写情小说《泪珠缘》出版初一二三四五集"广告："是书为著名小说家天虚我生泉塘陈蝶仙先生少年得意之作。书中运笔用意写情结构无一不脱胎于《红楼梦》，而又无一落《红楼梦》之窠臼，《红楼梦》中有缺陷，是书则皆弥补之，于情字上无丝毫遗憾。能使普天下才人读之皆欣然满意，现无上之乐观。至其铺叙点缀，则诗词酒令更无一不新颖绝伦，引人入胜。而于音律一道语之尤详，融贯古今，实足阐前人未发之秘，是尤得未曾有，精心结撰，洵写情笑声中空前绝后之杰著也。全书共百二十回，今初二三集已先出版。每集定价大洋四角。发行所上海棋盘街五百十六号中华图书馆启。"《女子世界》第一期中华民国四年三月再版。《女子世界》创刊于上海，1915 年 7 月停刊，共出 6 期，陈蝶仙(天虚我生)主编，撰稿者如周瘦王钝根等，宣称"为在今女子发挥其世界之光"采用文言体，以刊载言情小说为主，总发行所上海中华图书馆。

　　《女子杂志》第一卷第一号发行，编辑者女子杂志社，印刷者广益书局印刷部，发行者上海广益书局，发行所上海英界棋盘街中市广益书局总发行所，分发行所北京、长沙、汉口开封、广州、天津广益书局，经售处全国各书局。徐自华题签。刊载"上海唯一之大杂志、消遣的杂志《上海》"广告，中有"小说"一项。刊载广益书局"中国文学界之大观"广告，所列书目第一集总目中有《小说考证》蒋瑞藻，第二集总目中有《小说闲话》张行。刊载"《扬州梦》"广告："梦中人，梦中事，梦中语，梦中情，四册一函，定价四角，总发行所上海棋盘街广益书局及各省分局。"刊载"广益出局出版广告"："《弱女飘零记》：奇情小说，叙两女士同罹患难，始而相怜，继而相妒，终乃相友，文词爽利，结构离奇，为近今新小说中不可多得之作，洋装一小册定价二角。滑稽新语《捧腹谈》：一名《滑稽新语》，为前神州记者所著，语属滑稽，意在刺讽，阅之令人捧腹，故即以名其书，亦佳作也，一册一角五分。《蕙娘小传》：哀情小说，春梦生著，叙一女士自述其生平之事，凄顽哀感，曲折缠绵，文笔雅洁，后附《冰天鸿影》，为寄尘之佳作，两种合刊，一小册价洋二角。"刊载"新书出版"广告，内中有《短篇新小说二十种》："是书为廖君旭人及更生指严冷云诸君所译，凡短篇小说二十种，多法国著名小说家所撰，情节新颖，结构离奇，前曾译登《庸言》报中，今为汇刊一册，以供爱读小说者，列目如下《黑幕娘》《黑奴酬恩录》《劫里慈航》《一回缘》《双奇偶》《银徽章》《惹尘埃》《灵狮解语》《义犬寻迷》《海陆缔婚》《人禽浩伴》《柜中孩》《祛春谭》《英雄鉴》《薬砧怨》《雌蝶影》《失影人》《青娥血泪》《乌蒙秘闻》《库伦夜谭》，洋装一册定价四角，开文书局印行，寄售处上海广益书局及各书庄。"又有《古鬼遗金记》："英国哈葛德原著，闽县林琴南先生笔述，洋装一册定价四角，寄售处上海棋盘街广益书局及各书庄。开文书局出版。"刊载"《清末怨偶奇狱》"广告："哀情小说、侦探小说、社会小说、实事小说：世之痴情儿女因所志不遂，誓以生命殉之，以至横决溃裂，演成巨案者多矣。而尤莫奇于清末春阿氏一案。氏本淑女，性情贞娴，因婚姻不良，所适非志，家庭之间时有謷言。氏虽苦同匏叶，未尝怨尤及人，会其夫为人杀毙，构揽者诬氏所为，缧绁法庭，几经推敲，终无佐证。氏虽知杀人之人，亦不肯吐露。盖别有衷情也。后经大侦探家某君费无数心思，始获得其真相。而春阿氏亦瘦死于狱。其中情节哀艳，沉痛离奇，出人意表。大小说家冷佛君演为小说，曾刊某报。今特汇印成书，以公诸世。书中叙述我国婚姻不良、法律黑暗，历历如绘，爱读小说者盍亟购之。寄售处上海棋盘街广益书局●新小说社出版广告。"刊载小说《无恒指一千日》，署名"凰著"，文言。其后一页附"说部之余"："关西故事云，蒲州解梁关公，本不姓关，少时力最猛，不可检束，父母怒而闭之后园空室。一夕启窗越出，闻墙东女子啼哭甚悲，有老人相向而哭，怪而排墙询之。老者诉云：我女已受聘，而本县舅爷闻女有色，欲娶为妾，我诉之尹，反受叱骂，以此相泣。公闻大怒，仗剑径往县署，杀尹并其舅，而逃。至潼关，闻关门图形捕之，甚急，伏于水旁，掬水洗面，自照其形，颜色变苍赤，不复认识。挺身至关，关主诘问，随口指关为姓，后遂不易。东行至涿州，张翼德在州卖肉，其麦止于午，午后即将所存肉下悬井中，举五百斤大石掩其上，曰能举此石者与之肉。公适至，举石轻如弹丸，携肉而行，张追及，与之角力，相敌莫能解，而刘玄德卖草履亦至，从而御止。三人共谈，意气相投，遂结桃园之盟云云。语多荒诞不经，殆演义所由出欤?"刊载小说《涵元殿》，署名"小凤"，章回。刊载小说《苦女》，署名"昭英"，文言。刊载小说《珍姑》，署名"南华"，文言。刊载"《滑稽杂志》第一二三册之内容"，内有"小说""滑稽小说"。刊载"《香艳小品》第(一)(二)(三)册之内容"，其中第三册内容有"清代小说家吴趼人遗像""说部"。刊载"上海广益书局出版广告"，内有《聊斋志异拾遗》，蒲留仙遗著，洋装一册，定价三角。刊载"别开生面人人爱读之杂志《白相朋友》"："第一二三四五六七册已出，本杂志由胡君寄尘及文学家多人担任编撰，材料丰富，趣味浓深，文笔雅洁，图画精良，阅之可以长智识，广见闻，虽名曰白相朋友，并非导人白相，实欲使人人读此有益之杂志，以当白相也。内容如下：……说书的朋友……，月出三册，每册一角，发行所上海棋盘街广益书局及各书局。"刊载"劄记小说《蝶阶外史》二册四角"广告："古今稗官凡数十种，能与《阅微草堂笔记》《聊斋志异》骖驿者甚属寥寥，此书为乾嘉时某名宿所撰，趣味深长，文章雅驯，叙事如绘，状物如生，其笔力运掉可挽千钧，文情奇隽，不落窠臼，方之《草堂》《聊斋》尤堪并美。顾日久版佚，流传绝少，兹在长沙陶宫保第假得原刻本，评跋题辞悉行刊入，复经名画家绘成精图十六幅，附之卷首，每部二册一函，洋四角。发行所上海汉口广州长沙开封广益书局及各埠书庄。"刊载"庄谐集志"广告："我国杂志如林，欲求庄谐并列雅俗共赏者殊不多见，本社特创庄谐杂志，延聘著名文学家多人担任撰述，按期出版，内容列左：(甲)宗旨 改良社会，挽救人心，辅助教育，启发智识，保存国粹，研究美卫。(乙)体例 分三大部，著作宏富，印刷精良。(一)图画部……(二)庄言部……(三)谐语部，内分长篇小说、短篇小说、游戏文章、滑稽诗词、剧本、笑林、诗钟、灯谜、杂俎、悬赏等十门……(丙)出版：月出一册，第一期准民国四年一月出版，上海广益书局发行。(丁)定价：每册四角，全年十二册四元，半年六册二元二角，邮费每册五分。"

《中华妇女界》第一卷第一期刊载救国小说《石油灯》，天笑、毅汉译，文言；家庭小说《忏吻》，半侬，白话。《中华妇女界》，上海中华书局印行。

02 月

01 日 《东方杂志》第十二卷第二号刊载《薄倖女》（一名《恶侦探》，英国梅女士著），作霖，文言；历史小说《绛带记》，法国大仲马原著，不许转载，天游，白话。

同日，《妇女时报》第十六号刊载短篇小说《琴声》，汉毅，文言。民国四年二月一号发行。

同日，《小说海》第一卷第二号刊载中国图书公司和记出版小说广告，内有《英伦之女贼》《奇瓶案》《美人唇》《英德战争未来记》《棠花怨》《绿阴絮语》。"短篇"栏刊载《帕误》，詹詹，文言；《奇缘》，观奕，文言；《阉婚》，惠如，文言；《贤俪》，公亮，文言；《琴韵》，香卿，文言；《茄祟》，再芸，文言；《新年之一夜禁锢》，吟儿，白话；《诗魔》，瞻庐，文言；《富翁镜》，善馀，文言。"长篇"栏刊载《碧血鸳鸯》，英国蔡尔斯掰弗师著，沈焜、印剑鸣，文言；《黑籍魂》，待飞生，白话章回。"杂俎"栏刊载《西神客话》，西神，内有"红楼谈屑"篇；刊载《红楼梦新评》，季新。刊载商务印书馆发行小说广告，内有《绿波传》，《娜兰小传》。刊载商务印书馆《说部丛书》广告。刊载商务印书馆《说林》广告："最有趣味之小说《说林》，每集二角，陆续出版，《小说月报》出版以来，蒙大雅不弃，风行一时，其中短篇小说标新领异，尤承社会欢迎。兹特将一二三年月报中短篇一百余种，汇刻成集，名为《说林》，以便爱读诸君之流览，茶余饭后，极良好之消遣品也。"

同日，《中华小说界》第二卷第二期"短篇"栏刊载哀情小说《飞来之日记》，天笑，文言；游戏小说《婴宁第二》，瞻庐，文言；社会小说《废园之秘密》，珠儿，文言；滑稽小说《福尔摩斯大失败》，半侬，文言；义烈小说《麦稿泪》，汪叔良，文言。"长篇"栏刊载哀情小说《归梦》(续前期)，湘影，白话；历史小说《劫外昙花》，林纾，文言。"来稿俱乐部"栏刊载《嘉陵行记之四》《嘉陵行记之五》《嘉陵行记之六》，杨庆麟，文言；《黏地絮》，六符，文言；《冰雪缘》，六符，文言。"名著"栏刊载《古今笔记平议》(续前则)，瓶庵，此期论《印雪轩随笔》《右台仙馆笔记》《儒林琐记》《南野堂笔记》《夕阳红泪录》《逸庐笔记》《聊斋志异拾遗》。

同日，《申报》"自由谈"之小说栏刊载短篇小说《珍珠岛》(续)，原名 *Pearl Island*，磨剑，白话。刊载滑稽小说《假面》，又名《丑人之易形术》(续)，剑秋，白话。

同日，《时报》刊载中国侦探《发》，孝宗，文言。刊载短篇纪事《虐婢报》，浦渔，文言。

同日，《新闻报》"快活林"刊载滑稽短篇《奇妙之折狱》，天侔，文言。刊载苦情小说《妾薄命》，恨人，文言。

02 日 《申报》"自由谈"之小说栏刊载短篇小说《珍珠岛》(续)，原名 *Pearl Island*，磨剑，白话。刊载滑稽小说《假面》，又名《丑人之易形术》(续)，剑秋，白话。

同日，《时报》刊载中国侦探《发》，孝宗，文言。

同日，《爱国白话报》"醒睡录"栏开始刊载《赵总兵》，剑胆，白话。

同日，《新闻报》"快活林"刊载滑稽短篇《诈死赖债》，天侔，文言。刊载苦情小说《妾薄命》，恨人，文言。

03 日 《申报》"自由谈"之小说栏刊载家庭小说《嫣红劫》(续)常觉、小蝶合译，天虚我生润文，文言。刊载短篇小说《珍珠岛》(续)，原名 *Pearl Island*，磨剑，白话。

同日，《时报》刊载中国侦探《发》，孝宗，文言。

同日，《新闻报》"快活林"刊载滑稽小说《教育费》，不才，文言。刊载苦情小说《妾薄命》，恨人，文言。

04 日 《申报》"自由谈"之小说栏刊载家庭小说《嫣红劫》(续) 常觉、小蝶合译，天虚我生润文，文言。刊载短篇小说《珍珠岛》(续)，原名 *Pearl Island*，磨剑，白话。刊载痴情小说《美女花》，小山、梅郎合译，文言。

同日，《时报》刊载中国侦探《发》，孝宗，文言。刊载滑稽小说《发财》，含寒，白话。

同日，《新闻报》"快活林"刊载滑稽小说《失妻得妻》，觉庵，文言。刊载警世小说《新人旧人》，律西，文言。

05 日 《妇女杂志》第一卷第二号刊载商务印书馆出版书目，内有《童话》："情节奇诡，宗旨纯正，文字浅白，图画精美。第一集，每册五分，《无猫国》《三问答》《大拇指》《绝岛飘流》《小王子》《夜光璧》《红线领》《哑口会》《人外之友》《女军人》《义狗传》《非力子》《驴史》《玻璃鞋》《笨哥哥》《狮子报恩》《有眼与无眼》《风箱狗》《秘密儿》《木马兵》《十年归》《俄国寓言》(上)《俄国寓言》(下)《中山狼》《怪石洞》《鹦鹉螺》《鸡黍约》《赛皋陶》《气英布》《湛卢剑》《好少年》《快乐种子》《火牛阵》《铜柱劫》。第二集，每册一角，《小人国》《大人国》《风雪英雄》《梦游地球(上)》《梦游地球(下)》。"又有《新说书》，二集每集一角二分："本书以历史地理科学实业诸端为材料，而以小说之辞调，说书之口腔，联络而贯穿之，诙谐百出，逸趣横生。""名著"栏刊载《女世说》，昭阳李清映碧辑。刊载"古今说部丛书发售预约券广告"："古今说部丛书十集，搜罗历代掌故笔记，凡三百六十余种，分类排列，阅者得此，足以考史乘之轶事，撷文苑之英华，探物理之渊微，证风俗之同异，览游记者如登泰华之峰，耽清供者如入琳琅之室，而且记怪异志游戏，数奇珍，述诙谐，足以快心目而资谈助，洵说部之总汇，稗官之大观也。本书均照原本付排印，不加删节，并请名宿重行校勘，尤为精审，全部六十册，凡三千零二十余页，三百三十万字，定价十六元，预约价五元，本年阳历四月底截止，五月底出书，印有样本，函索即寄。大雅诸君务祈惠顾为幸。发行所上海中国图书公司和记及各省支店，代售处上海商务印书馆及各省分馆。""小说"栏刊载《一小时之思潮》，瞻庐，文言；《碧栏绮影》，鹓鶵，文言；《虎阜塔影》，瞻庐，文言；《德皇之侦探》(一名《侦探之侦探》)，英国 William Le Quenx 原著，韵唐，白话。刊载商务印书馆发行新撰《绿波缘》、新译《娜兰小传》广告。

同日，《申报》"自由谈"之小说栏刊载家庭小说《嫣红劫》(续)常觉、小蝶合译，天虚我生润文，文言。刊载短篇小说《珍珠岛》(续)，原名 *Pearl Island*，磨剑，白话。刊载痴情小说《美女花》，小山、梅郎合译，文言。

同日，《时报》刊载短篇小说《新少年之麻雀声》，阳羡逸卿，文言。

同日，《新闻报》"快活林"刊载滑稽短篇《良教师》，大观，文言。刊载警世小说《新人旧人》，律西，文言。

06 日　《礼拜六》第三十六期刊载奇侠小说《樵女》，韦士，文言。刊载侦探小说《怪客》，瘦鹃译，白话。刊载教育小说《卖菜儿》，天愤，白话。刊载哀情小说《离鸾恨》，诗癯，文言。刊载哀情小说《鹃啼血》，藜青，文言。刊载滑稽小说《哲学家》，美国夸德氏，半侬译，白话。刊载短篇小说《豹珠串》，守如，文言。刊载福尔摩斯最新探案《恐怖窟》(续)，科南里原著，常觉、小蝶合译，文言。刊载国际秘密侦探小说《秘密之府》(续)，William Le Queux 原著，太常仙蝶译，文言。

同日，《申报》"自由谈"之小说栏刊载家庭小说《嫣红劫》(续)常觉、小蝶合译，天虚我生润文，文言。刊载短篇小说《珍珠岛》(续)，原名 *Pearl Island*，磨剑，白话。

同日，《时报》刊载中国侦探《发》，孝宗，文言。

同日，《新闻报》"快活林"刊载滑稽短篇《服从》，恨公，白话。刊载警世小说《新人旧人》，律西，文言。

07 日　《申报》"自由谈"之小说栏刊载家庭小说《嫣红劫》(续)常觉、小蝶合译，天虚我生润文，文言。刊载痴情小说《美女花》，小山、梅郎合译，文言。

同日，《时报》刊载中国侦探《发》，孝宗，文言。刊载应时小说《送灶》，诤言，白话。刊载"小说巨制《虞初广志》"广告，总发行所上海新闸路聚庆里第四百另八号光华编辑社，以及上海各省大书局均有出售。刊载光华编辑社"民国说荟征求材料"广告："如蒙海内外硕彦文豪投输杰作，或赐登名人遗著者，于本月内先请函启上海新闸路聚庆里第四百另八号光华编辑社，当将内容奉告。编辑者南邨金侠白。"

同日，《新闻报》"快活林"刊载滑稽短篇《卖灶锭》，瘦蝶，文言。刊载侦探小说《保罗别墅之惨剧》，常觉、见心合译，独鹤润文，文言。

08 日 《小说丛报》第八期"短篇小说"栏刊载奇情小说《凹下儿媒》，英国 A. Conan Doyle 原著，水心、式稞合译，文言；明季痛史《雯娘传》，仪郷，文言；福尔摩斯探案《红圈党》，痴侬、何为，文言；明季痛史《春申烈妇》，鸦，文言；实事小说《酒狂别传》，南溟，文言；警世小说《非相篇》(吟髭原稿)，谷蘗，文言；痴情小说《芙蓉扇》，枕亚，文言；革命外史《井中人》，戀侬，文言；别情小说《侬行矣》，吁公，文言；悟情小说《遯尘》，了庵，文言。刊载小说丛报社出版部广告枕亚著哀情小说《余之妻》。刊载"本社特别征文"广告。"长篇小说"栏刊载历史小说《胜水残山录》，海虞无名氏原著，海虞秬逸如重编，白话，分章，有回目；别体小说《雪鸿泪史》(何梦霞日记)，古吴徐枕亚评校，文言；理想小说《世界文明之悲观》(续)，东讷译，文言；言情小说《爱情之兑换券》，水心译，文言；哀情小说《潘郎怨》(续)，定夷，白话章回；奇情小说《血女指》(William Le Quenz 原著)，倪灏森译，文言。刊载《假币案》广告。刊载出版通告："空前之名著《红羊佚闻》，洋装一册，定价一元"。刊载名人艳史《燕蹴筝弦录》广告，著者云间姚鹓雏。

同日，《申报》"自由谈"之小说栏刊载家庭小说《嫣红劫》(续)常觉、小蝶合译，天虚我生润文，文言。刊载短篇小说《珍珠岛》(续)，原名 Pearl Island，磨剑，白话。刊载痴情小说《美女花》，小山、梅郎合译，文言。

同日，《时报》刊载中国侦探《发》，孝宗，文言。

同日，《神州日报》"神皋杂俎"栏刊载科学寓言《弭兵会》，迦瑟，文言。刊载滑稽短篇《季四木匠》，我憨，白话。

同日，《新闻报》"快活林"刊载滑稽小说《女佣谈话会》，瞻庐，文言。刊载侦探小说《保罗别墅之惨剧》，常觉、见心合译，独鹤润文，文言。

09 日 《申报》"自由谈"之小说栏刊载家庭小说《嫣红劫》(续)常觉、小蝶合译，天虚我生润文，文言。刊载短篇小说《珍珠岛》(续)，原名 *Pearl Island*，磨剑，白话。刊载痴情小说《美女花》，小山、梅郎合译，文言。

同日，《时报》刊载短篇纪实《屠老太婆》，王企恭，白话。

同日，《新闻报》"快活林"刊载滑稽短篇《电误》，啸云，文言。刊载侦探小说《保罗别墅之惨剧》，常觉、见心合译，独鹤润文，文言。

同日，《神州日报》"神皋杂俎"栏刊载科学寓言《弭兵会》，迦瑟，文言，至 02 月 19 日止。

13 日 《礼拜六》第三十七期刊载国民小说《勇婿》，塞国辣寨雷维克著，小草，文言。刊载侠情小说《爱之牺牲》，瘦鹃，白话。刊载哀情小说《情场惨劫》，一梦，文言。刊载滑稽小说《大除夕之礼拜六》，剑秋，白话。刊载哀情小说《血泪》，笑余，文言。刊载奇情小说《一碗面》，尘梦，文言。刊载侠情小说《剑胆箫心》(七续)，杏痴，文言。刊载国际秘密侦探小说《秘密之府》(续)，William Le Queux 原著，太常仙蝶译，文言。

17 日 《申报》"自由谈"之小说栏刊载游戏小说《债台物语》，韵清女史，白话。刊载家庭小说《嫣红劫》(续)常觉、小蝶合译，天虚我生润文，文言。刊载短篇小说《珍珠岛》(续)，原名 Pearl Island，磨剑，白话。刊载痴情小说《美女花》，小山、梅郎合译，文言。

同日，《新闻报》"快活林"刊载滑稽短篇《测字受愚》，觉庵，文言。刊载侦探小说《保罗别墅之惨剧》，常觉、见心合译，独鹤润文，文言。小说栏刊载滑稽小说《水浒拾遗》，子春，白话章回。

18 日 《申报》"自由谈"之小说栏刊载家庭小说《嫣红劫》(续) 常觉、小蝶合译，天虚我生润文，文言。刊载痴情小说《美女花》，小山、梅郎合译，文言。刊载短篇小说《梦话》，张庆霖，白话。刊载滑稽小说《接财神》，觉迷，文言。

同日，《时报》"余兴"栏刊载滑稽短篇《假财神自述》，志云，白话。

同日，《新闻报》"快活林"刊载滑稽小说《接财神》，天侔，白话。刊载侦探小说《保罗别墅之惨剧》，常觉、见心合译，独鹤润文，文言。小说栏刊载滑稽小说《水浒拾遗》，子春，白话章回。

19 日 《申报》"自由谈"之小说栏刊载短篇小说《珍珠岛》(续)，原名 *Pearl Island*，磨剑，白话。刊载痴情小说《美女花》，小山、梅郎合译，文言。

同日，《时报》刊载"小说丛报大赠彩"广告："本报出版以来风行海内，销数日增，兹第八期已出版，特印精美之最新美人画明信件作为赠品，聊酬爱阅诸君之雅意，谨将赠送章程列后，幸□察焉。(一) 零购本报一册者赠送一张。(一) 凡购本社出版书籍折实满洋五角，赠送一张。(一) 凡购本社代售书籍折实洋满一元赠送一张。(一) 凡现批本社书籍折实满洋一元赠送一张。以上四条均以直接至本社购书者为限。上海四马路大新街口四百四十三号，小说丛报社启。""余兴"栏刊载滑稽短篇《假财神自述》，志云，白话。

同日，《新闻报》"快活林"刊载滑稽短篇《烧香祸》，爱楼，文言。刊载侦探小说《保罗别墅之惨剧》，常觉、见心合译，独鹤润文，文言。小说栏刊载滑稽小说《水浒拾遗》，子春，白话章回。

20 日 《礼拜六》第三十八期刊载爱国小说《密罗老人小传》，天虚我生，文言。刊载警世小说《官鉴》，韦士，文言。刊载苦情小说《午夜鹃声》，瘦鹃，文言。刊载哀情小说《速死之药》，东垄，文言。刊载脑威童话之一《嬉皮之王》，甦汉、天虚我生合译，文言。刊载言情小说《月下女》，韦士，文言。刊载奇情小说《情天不老》，瘦鹃、丁悚合著，文言。刊载冒险小说《地中铁塔》，天放，文言。刊载侦探小说《圣节奇案》(Wiliam Le Q eux)原著，幼新，文言。刊载写情小说《一行书》，天虚我生，文言。刊载社会小说《天网》，天虚我生，文言。刊载教孝小说《武侠鸳鸯》，小草，文言。刊载幻想小说《仙枕环游记》，野民，文言。刊载哀情小说《笛史》，南邨，文言。刊载家庭小说《妻财误我》，梅郎，文言。刊载寓言小说《赌》，马二先生，白话。刊载家庭小说《悍媳破家录》，振之，文言。刊载应时小说《人日》，大错，文言。刊载短篇小说《莺啼燕语报新年》，剑秋，文言。刊载滑稽言情小说《红楼劫》，钝根，文言。

同日，《申报》"自由谈"之小说栏刊载家庭小说《嫣红劫》(续)常觉、小蝶合译，天虚我生润文，文言。刊载滑稽小说《财神语》，剑朴，文言。

同日，《时报》刊载伦理小说《弱女救亲记》，雨峰意译，文言。

同日，《神州日报》"神皋杂俎"栏刊载科学寓言《弭兵会》，迦瑟，文言。刊载社会小说《避债庙》，一眠，白话，至本月24日止。

同日，《新闻报》"快活林"刊载滑稽短篇《捉私年》，啸云，文言。刊载侦探小说《保罗别墅之惨剧》，常觉、见心合译，独鹤润文，文言。小说栏刊载滑稽小说《水浒拾遗》，子春，白话章回。

21 日　《申报》"自由谈"之小说栏刊载家庭小说《嫣红劫》(续)常觉、小蝶合译，天虚我生润文，文言。

同日，《时报》刊载短篇寓言《松鼠历险记》，淘石口译，黄山樵述，文言。

同日，《新闻报》"快活林"刊载滑稽短篇《不宜出行……不宜动土》，亦僧，文言。刊载侦探小说《保罗别墅之惨剧》，常觉、见心合译，独鹤润文，文言。小说栏刊载滑稽小说《水浒拾遗》，子春，白话章回。

22 日　《申报》"自由谈"之小说栏刊载家庭小说《嫣红劫》(续)常觉、小蝶合译，天虚我生润文，文言。刊载痴情小说《美女花》，小山、梅郎合译，文言。

同日,《新闻报》"快活林"刊载滑稽短篇《怕灶神》,翰芬女史,文言。刊载侦探小说《保罗别墅之惨剧》,常觉、见心合译,独鹤润文,文言。

23 日 《申报》"自由谈"之小说栏刊载家庭小说《嫣红劫》(续)常觉、小蝶合译,天虚我生润文,文言。

同日,《时报》刊载《怪旅行》,孝宗,文言。

同日,《新闻报》"快活林"刊载滑稽小说《茹毛饮血》,拾尘,文言。刊载侦探小说《保罗别墅之惨剧》,常觉、见心合译,独鹤润文,文言。小说栏刊载滑稽小说《水浒拾遗》,子春,白话章回。

24 日 《申报》"自由谈"之小说栏刊载家庭小说《嫣红劫》(续)常觉、小蝶合译,天虚我生润文,文言。

同日,《时报》刊载《怪旅行》,孝宗,文言。

同日,《新闻报》"快活林"刊载滑稽短篇《接财神欤,接火神欤》,蜇民,文言。刊载侦探小说《保罗别墅之惨剧》,常觉、见心合译,独鹤润文,文言。小说栏刊载滑稽小说《水浒拾遗》,子春,白话章回。

25 日 《小说月报》第六卷第二号刊载"《古今说部丛书》发售预约券广告":"《古今说部丛书》十集,搜罗历代掌故笔记,凡三百六十余种,分类排列,阅者得此,足以考史乘之轶事,撷文苑之英华,探物理之渊微,证风俗之同异,览游记者,如登泰华之峰,耽清供者,如入琳琅之室,而且记怪、异志、游戏,数奇珍,述诙谐,足以快心目而资谈助,洵说部之总汇,稗官之大观也。本书均照原本付排印,不加删节,并请名宿重行校勘,尤为精审,全部六十册,凡三千零二十余页,三百三十余万字,定价十六元,预约价五元,本年阳历四月底截止,五月底出书,印有样本,函索即寄。大雅诸君务祈,惠顾为幸。发行所上海中国图书公司和记及各省支店,代售处上海商务印书馆及各省分馆。"刊载《绿波传》《娜兰小传》广告,内容同前。"短篇小说"栏刊载《海门先啬》,迦持,文言;刊载《外交》,天徒,文言;刊载《王遂》,子泉,文言;刊载《侠隶》,刘祺之,文言;刊载《双青记》,守如,文言;刊载

《情天胜影》Many Heaton Vorse 原著，坚瓠，文言；刊载《不如归》，美国克能乔治原著，松雨，文言；刊载《药悔》，诗庐，文言；刊载《失意人》，俄国卜蔼查原著，泣歧，文言；刊载《电灯》，叔良，文言；刊载《鸩媒》，不才，文言。刊载"商务印书馆出版"广告："《说部丛书》一百三十册，零售四十余元，全部二十元。《林译小说》五十种，九十七册，零售三十七元余，全部十六元。《小本小说》一百数十种，每册一角至二角，定价至廉，趣味渊深，携带便利。《新撰新译小说》二百余种，各类俱有，引人入胜，文言白话，兼擅其长。《旧小说》六集二十册，全部定价刘元，上溯汉魏下迄清末，荟萃精华，共千余种。《说林》已出十四集，每集二角。""长篇小说"栏刊载《西学东渐记》，容纯甫先生自叙，风石译述，铁樵校订，文言；刊载《鹣鲽姻缘三集》，卿东一蟹，此期刊载第六十七回 刘寡妇散发动王怜 戈什哈捷足传家报，第六十八回 善措辞珍姑恋母 怒焚书三秀骂兄，第六十九回 内总管诱寡妇改节 豫亲王为正妃开丧，第七十回 知大礼三秀穿素服 颁厚赐多铎掷黄金，第七十一回 土国宝陪游秦淮河 豫亲王醉召刘三秀，第七十二回 一寡妇硁硁守志 两老妪亹亹倾谈，第七十三回 孤鸾寡鹄诱动春心 北鲽南鹣圆成好事，第七十四回 凤随龙王宫初侍寝 牛舐犊驿路再传书，第七十回 刘王妃议立宗嗣 钱公子考取拔贡；刊载《潜艇制胜记》，柯南达利著，作霖，文言。刊载"《小说海》第一卷第三号目录预告"："短篇小说：《青囊》一卷，啸野山樵；《缸子王》，啸墅山樵；《吴笺》，孤桐；《樱儿》，韦士；《坠欢可拾》，天行；《印度花》，健人；《僧智》，海沤；《酒狂搏虎》，玄父；《极乐国》，枕流；《夜航人语》，西神。长篇小说：《碧血鸳鸯》，沈焜、印剑鸣；《黑籍魂》，待飞生。杂俎：笔记，《榛梗杂话》，乐水；《小奢摩馆脞录》，汪国垣；《苍园谈屑》，项翱；《松竹庐杂文》，程国园；《百花点将录》，王适庵；诗文，《诗八首》，诗舲；《诗九首》，东园；《词五首》，诗舲；《词一首》，碧琴女士；《词一首》，绛珠女士；《词一首》，蘋香女士，《词一首》，东园。总发行所上海中国图书公司和记及各省支店，分售处上海商务印书馆及各省分馆。"刊载"本社通告",为征稿启事,内容同上期。

同日,《中华学生界》第一卷第二期刊载历史小说《三百人》,半侬,文言;医学小说《病菌大会议》,天笑生,白话。

同日,《申报》"自由谈"之小说栏刊载家庭小说《嫣红劫》(续)常觉、小蝶合译,天虚我生润文,文言。刊载痴情小说《美女花》,小山、梅郎合译,文言。

同日,《时报》刊载"侦探小说《大宝窟王》出版"广告。刊载《怪旅行》,孝宗,文言。

同日,《神州日报》"神皋杂俎"栏刊载爱国小说《飞行机》,效彭,文言,至本年2月28日。刊载社会小说《避债庙》,一睨,白话,至本年2月28日。

同日,《新闻报》"快活林"刊载滑稽短篇《雌老虎》,东埜,白话。刊载侦探小说《保罗别墅之惨剧》,常觉、见心合译,独鹤润文,文言。小说栏刊载滑稽小说《水浒拾遗》,子春,白话章回。

26 日 《申报》"自由谈"之小说栏刊载家庭小说《嫣红劫》(续)常觉、小蝶合译,天虚我生润文,文言。刊载痴情小说《美女花》,小山、梅郎合译,文言。刊载"《香艳杂志》第五期内容披露"广告,内有小说一栏。

同日,《时报》刊载《怪旅行》,孝宗,文言。

同日,《新闻报》"快活林"刊载滑稽短篇《最先之客》,恨公,文言。刊载侦探小说《保罗别墅之惨剧》,常觉、见心合译,独鹤润文,文言。小说栏刊载滑稽小说《水浒拾遗》,子春,白话章回。

27 日 《礼拜六》第三十九期刊载哀情小说《红楼翠幙》,英国哈葛德氏著,瘦鹃译,文言。刊载痴情小说《采桑女》,韦士,文言。刊载短篇小说《白玉瓶》,利仁、劳薪同译,文言。刊载社会小说《窃贼忏悔录》,美国林莎绯著,黑子,文言。刊载短篇小说《介氏国之富人》,峡猿,文言。刊载实业小说《幸运值怪物》,美国 George Jean Nathan 著,半侬,文言。刊载警世小说《意外缘》,恨人,文言。刊载国际秘密侦探小说《秘密之府》（续），William Le Queux 原著，太常仙蝶译，文言。

同日，《申报》"自由谈"之小说栏刊载家庭小说《嫣红劫》（续）常觉、小蝶合译，天虚我生润文，文言。刊载痴情小说《美女花》，小山、梅郎合译，文言。

同日，《时报》刊载忏情小说《母女冢》，再芸，文言。

同日，《新闻报》"快活林"刊载滑稽短篇《祖传眼耳科》，大观，文言。刊载侦探小说《保罗别墅之惨剧》，常觉、见心合译，独鹤润文，文言。小说栏刊载滑稽小说《水浒拾遗》，子春，白话章回。

28 日　《申报》"自由谈"之小说栏刊载短篇小说《小军人》，张庆霖，文言。

同日，《新闻报》"快活林"刊载滑稽短篇《老鼠嫁姑娘》，啸云，文言。小说栏刊载滑稽小说《水浒拾遗》，子春，白话章回。

发生于本月但日期不详之事件

《繁华杂志》第六期"香奁"栏刊载短篇纪实小说《郭氏女》，罗绣娟，文言。"小说林"栏刊载侦探实事短篇《金镯案》，漱石，文言。刊载滑稽小说《臭历史》，东垫戏作，文言。刊载《弱妹奇冤》（续），休宁程华魂，文言。刊载奇情小说《逆波小传》，语溪吐玉，文言。刊载爱国小说《亡国恨》，屏周谭，文言。刊载福尔摩斯新侦探案《赤环党》（续），英国科南达利原著，羁魂、瘦菊合译，文言。刊载写情小说《一枕鸳鸯梦不成》，燕燕，文言。刊载别体小说《翁媳交谈》，香如，白话。刊载奇情小说《巾帼英雄记》，休宁华魂，文言。

《眉语》第一号刊载"眉语宣言"："花前扑蝶宜于春，槛畔招凉宜于夏，依帷望月宜于秋，围炉品茗宜于冬。璇闺姊妹以职业之暇，聚钗光鬓影。能及时行乐者亦解人也。然而踏青纳凉、赏月话雪，寂寂相对，是亦不可以无伴。本社乃集多数才媛，辑此杂志，而以许啸天君夫人高剑华女士主笔政。锦心绣口，句香意雅，虽曰游戏文章、荒唐演述，然谲谏微讽，潜移默化，于消闲之余，亦未始无感化之功也。每当月子湾时，是本杂志诞生之期，爰名之曰"眉语"矣。雅人韵士花前月下之良伴也。质之囚鸾笯凤之可怜虫，以谓何如，质诸莺嗔燕咤之女志士，又以谓何如。尚祈明眼人有以教之。幸甚幸甚。此布。""短篇小说"栏刊载短篇小说一《一声去也》，许毓华，文言。短篇小说二刊载《桃花娘》，许啸天，白话。刊载短篇小说三《绣鞋儿刚半折》，马嗣梅，文言。刊载短篇小说四《婉娜小传》，高剑华意译，文言。刊载短篇小说五《一朝选在君王侧》(参辑对山笔记)，梁桂琴，文言。刊载短篇小说六《神骗》，沈笑荷，文言。刊载短篇小说七《怎当他兜的上心来》，吴佩华女士著，白话。"长篇小说"栏刊载长篇小说一《黑盗》，袁遁斋，文言。刊载长篇小说二《流水无情》，英国培朗密福著，袁若蓉译，白话。"杂纂二"栏刊载《倚蓉室野乘》，李蕙珠，文言。《眉语》1915 年 2 月创刊于上海，月刊，1917 年 9 月停刊，共出 18 期，高剑华主编，女性杂志。《眉语》第一号，甲寅年十一月二十日三版发行。

《女子世界》第二期"说部"栏刊载家庭小说《好女儿》(*The Pet Beanty.*)，美国楷露灵女士(Yerline Lae Eenty)原著，东垫译，文言。刊载家庭小说《妻之罪》，瘦鹃，文言。刊载滑稽小说《魔毯》，太常仙蝶，文言。刊载写情小说《怪指环》，常觉、小蝶同译，文言。刊载历史小说《琼英别传》，小蝶，文言。刊载写情小说《他之小史》(续)，漱馨女士口述，天虚我生戏译，文言。

《中华妇女界》第一卷第二期刊载政治小说《巴黎警察署之贵客》，梁令娴女士，文言；家庭小说《妻之心》，瘦鹃译，文言；乡土轶闻《莲娘保孤记》，休宁华魂，文言。

03 月

01 日　《东方杂志》第十二卷第三号刊载《薄倖女》(一名《恶侦探》，

英国梅女士著），作霖，文言；历史小说《绛带记》，法国大仲马原著，不许转载，天游，白话；《五十故事》之《重义争死》，东吴旧孙，文言。

同日，《小说海》第一卷第三号刊载"《古今说部丛书》发售预约券，定价十六元，预约价五元"广告："古今说部丛书十集，搜罗历代掌故笔记凡三百六十余种，分类排列，阅者得此，足以考史乘之轶事，撷文苑之英华，探物理之渊微，证风俗之同异，览游记者如登泰华之峰，耽清供者如入琳琅之室，而且记怪志异游戏数奇珍述诙谐，足以快心目而资谈助，洵说部之总汇，稗官之大观也。本书均照原本付排印，不加删节，并请名宿重行校勘，尤为精审，全部六十册，凡三千零二十余页，三百三十余万字，预约价售至本年阳历四月底截止，五月底出书，印有样本，函索即寄。大雅诸君务祈惠顾为幸。""短篇"栏刊载《青囊一卷》，啸墅山樵，文言；《镡子王》，啸墅山樵，文言；《吴笺》，孤桐，文言；《樱儿》，韦士，文言；《坠欢可拾》，天行，文言；《印度花》，健人，文言；《僧智》，海沤，文言；《酒狂搏虎》，玄父，文言；《极乐国》，枕流，文言；《夜航人语》，西神，文言。"长篇"栏刊载《碧血鸳鸯》，英国蔡尔斯掰弗师著，沈焜、印剑鸣，文言；《黑籍魂》，待飞生，白话章回。

同日，《中华小说界》第二卷第三期"短篇"栏刊载义侠小说《芙蓉女》，江东老虬，文言；地理小说《滕半仙传》，寄尘，文言；滑稽小说《影》，半侬，文言；言情小说《桃李因缘》，瘦鹃，文言；社会小说《一圆银币》，亦留，文言。"长篇"栏刊载哀情小说《归梦》，湘影，白话；家庭小说《帐中说法》，瓣秋，白话。"来稿俱乐部"栏刊载《嘉陵行记之七》《嘉陵行记之八》《嘉陵行记之九》，杨庆麟，文言；《芦花女》，蒲生，文言。"名著"栏刊载《古今笔记平议》，瓶庵，此期论《檐曝杂记》《翼駧裨编》《述异记》《渔矶漫钞》《茶余客话》《耳食录》。

同日，《申报》"自由谈"之小说栏刊载家庭小说《嫣红劫》（续）常觉、小蝶合译，天虚我生润文，文言。刊载社会小说《新年进步》，韵清女史，白话。刊载"《小说丛报》大赠彩"广告。刊载"《小说丛报》第八期出版"广告。刊载广告:"秋心译历史种族言情军事国民小说《葡萄劫》下卷出版,定价上卷五角下卷六角,总发行所民权出版部。"

同日,《时报》刊载滑稽实事《私卖犯》,阿呆,白话。

同日,《大共和日报》附刊载社会小说《广陵潮》,涵秋,白话。刊载奇情侦探《井中花》,译者少芹,文言。

同日,《神州日报》"神皋杂俎"栏刊载爱国小说《飞行机》,效彭,文言。刊载苦情小说《白浪红涛》,亦民,文言。

同日,《新闻报》"快活林"刊载短篇滑稽《请便》,阿佛,文言。小说栏刊载滑稽小说《水浒拾遗》,子春,白话章回。

02 日 《申报》"自由谈"之小说栏刊载家庭小说《嫣红劫》(续)常觉、小蝶合译,天虚我生润文,文言。刊载社会小说《新年进步》,韵清女史,白话。

同日,《时报》刊载滑稽短篇《琴楼后梦》,螺隐,

同日,《大共和日报》附刊载社会小说《广陵潮》,涵秋,白话。刊载奇情侦探《井中花》,译者少芹,文言。

同日,《神州日报》"神皋杂俎"栏刊载爱国小说《飞行机》,效彭,文言。刊载苦情小说《白浪红涛》,亦民,文言。

同日,《新闻报》"快活林"刊载滑稽短篇《情见势绌》,太和,文言。刊载侦探小说《保罗别墅之惨剧》,常觉、见心合译,独鹤润文,文言。小说栏刊载滑稽小说《水浒拾遗》,子春,白话章回。

03 日 《申报》"自由谈"之小说栏刊载家庭小说《嫣红劫》(续)常觉、小蝶合译,天虚我生润文,文言。刊载痴情小说《美女花》,小山、梅郎合译,文言。

同日,《时报》"余兴"栏刊载滑稽短篇《贼日记》,瞻庐,文言。

同日,《大共和日报》附刊载社会小说《广陵潮》,涵秋,白话。刊载奇情侦探《井中花》,译者少芹,文言。

同日,《神州日报》"神皋杂俎"栏刊载爱国小说《飞行机》,效彭,文言。刊载苦情小说《白浪红涛》,亦民,文言。

同日，《新闻报》"快活林"刊载滑稽小说《新三笑》，觉庵，文言。小说栏刊载滑稽小说《水浒拾遗》，子春，白话章回。

04 日 《申报》"自由谈"之小说栏刊载家庭小说《嫣红劫》（续）常觉、小蝶合译，天虚我生润文，文言。刊载痴情小说《美女花》，小山、梅郎合译，文言。刊载"阅小说者鉴"广告："凡购本社小说满实洋五角者，赠券书洋五角，满实洋一元者赠书券洋一元，多则照加，但以阴历正月为限，逾限减半赠彩，现只有十余天好机会，请从速购，幸勿交臂失之，其定购十日新朔望者，仍照常例赠彩，此布，上海望平街改良小说社启。"

同日，《时报》"余兴"栏刊载滑稽小说《新镜花缘》，含寒，白话。

同日，《大共和日报》附刊载社会小说《广陵潮》，涵秋，白话。刊载奇情侦探《井中花》，译者少芹，文言。

同日，《神州日报》"神皋杂俎"栏刊载政治小说《女间谍》，效彭，文言。刊载苦情小说《白浪红涛》，亦民，文言。

同日，《新闻报》"快活林"刊载奇情小说《丑人福》，高洁，文言。小说栏刊载滑稽小说《水浒拾遗》，子春，白话章回。

05 日 《妇女杂志》第一卷第三号刊载"古今说部丛书发售预约券广告"。"名著"栏刊载《女世说》，昭阳李清映碧辑。刊载"商务印书馆发行大本《小说月报》第六卷第一第二两号出版"广告。"小说"栏刊载《红鹦鹉》，鹓鹤，文言；《自由鉴》，不才，文言。

同日，《女子世界》第三期"说部"栏刊载爱情小说《美人与国家》，太常、仙蝶，文言。刊载言情小说《秋窗夜啸》，韵清女史吕逸著，文言。刊载哀情小说《埋愁冢》，咏霞女士，文言。刊载社会小说《千金敌》，瘦鹃，白话。刊载历史小说《琼英别传》（承前），小蝶，文言。刊载写情小说《怪指环》（承前），常觉、小蝶合译，文言。刊载写情小说《他之小史》（三续），漱馨女士口述，天虚我生戏译，文言。

同日，《申报》"自由谈"之小说栏刊载痴情小说《美女花》，小山、梅郎合译，文言。

同日，《时报》小说栏刊载短篇小说《春灯喝雉录》，佑民，文言。

同日，《大共和日报》附刊载社会小说《广陵潮》，涵秋，白话。刊载奇情侦探《井中花》，译者少芹，文言。

同日，《神州日报》"神皋杂俎"栏刊载政治小说《女间谍》，效彭，文言。刊载苦情小说《白浪红涛》，亦民，文言。

同日，《新闻报》"快活林"刊载奇情小说《丑人福》，高洁，文言。小说栏刊载滑稽小说《水浒拾遗》，子春，白话章回。

06 日　《礼拜六》第四十期刊载罗马古代秘史《尼罗帝外纪》(一名《罗马城之火》)，天白，文言。刊载滑稽小说《真火之媒》，小草，文言。刊载论智小说《冰雪聪明》，阚渔合译，文言。刊载短篇小说《天子神方》，尘梦，文言。刊载尚武小说《井中怪》，天愤，文言。刊载怪异小说《棺异》，杏痴，文言。刊载短篇纪事《无名老人》，信芳，文言。刊载滑稽小说《偷上轿》，屈蠖，文言。刊载滑稽小说《参观员》，无际，文言。刊载侦探小说《亚森罗苹之失败》，法国玛黎瑟勒勃朗原著，屏周、瘦鹃合译，白话。刊载写情小说《两不死》，太常仙蝶，文言。

同日，《申报》"自由谈"之小说栏刊载痴情小说《美女花》，小山、梅郎合译，文言。刊载短篇滑稽《阎罗王拒绝曾少卿》，□菊，文言。

同日，《时报》小说栏刊载短篇小说《春灯喝雉录》，佑民，文言。

同日，《大共和日报》附刊载社会小说《广陵潮》，涵秋，白话。刊载奇情侦探《井中花》，译者少芹，文言。

同日，《神州日报》"神皋杂俎"栏刊载政治小说《女间谍》，效彭，文言，至本年3月13日。刊载《航海难》，鸣瑞学译，文言，至本年3月13日。

同日，《新闻报》"快活林"刊载滑稽小说《失马得鹿》，青选，文言。刊载侦探小说《保罗别墅之惨剧》，常觉、见心合译，独鹤润文，文言。

07 日　《申报》"自由谈"之小说栏刊载痴情小说《美女花》，小山、梅郎合译，文言。

同日，《时报》小说栏刊载短篇小说《春灯喝雉录》，佑民，文言。

同日，《大共和日报》附刊载社会小说《广陵潮》，涵秋，白话。刊载奇情侦探《井中花》，译者少芹，文言。

同日，《新闻报》"快活林"刊载滑稽小说《吹牛大会》，卭生，白话。刊载侦探小说《保罗别墅之惨剧》，常觉、见心合译，独鹤润文，文言。小说栏刊载滑稽小说《水浒拾遗》，子春，白话章回。

08 日 《申报》"自由谈"之小说栏刊载家庭小说《嫣红劫》（续）常觉、小蝶合译，天虚我生润文，文言。刊载痴情小说《美女花》，小山、梅郎合译，文言。

同日，《时报》"余兴"栏刊载滑稽小说《新镜花缘》，含寒，白话。

同日，《大共和日报》附刊载社会小说《广陵潮》，涵秋，白话。刊载奇情侦探《井中花》，译者少芹，文言。

同日，《新闻报》"快活林"刊载滑稽小说《吹牛大会》，卭生，白话。刊载侦探小说《保罗别墅之惨剧》，常觉、见心合译，独鹤润文，文言。

09 日 《申报》"自由谈"之小说栏刊载家庭小说《嫣红劫》（续）常觉、小蝶合译，天虚我生润文，文言。刊载痴情小说《美女花》，小山、梅郎合译，文言。

同日，《大共和日报》附刊载社会小说《广陵潮》，涵秋，白话。刊载奇情侦探《井中花》，译者少芹，文言。

同日，《新闻报》"快活林"刊载滑稽小说《吹牛大会》，卭生，白话。小说栏刊载滑稽小说《水浒拾遗》，子春，白话章回。

10 日 《申报》"自由谈"之小说栏刊载家庭小说《嫣红劫》（续）常觉、小蝶合译，天虚我生润文，文言。刊载痴情小说《美女花》，小山、梅郎合译，文言。

同日，《时报》刊载短篇小说《钻石谷》，蕉心，文言。"余兴"栏刊载哀情小说《活地狱》，含茹，文言。

同日，《大共和日报》刊载"社会小说《广陵潮》五集已出，定价大洋四角，总发行所上海大马路老旗昌国学书室启"广告。附刊载社会小说《广陵潮》，涵秋，白话，分回，无回目。刊载奇情侦探《井中花》，译者少芹，文言。

同日，《新闻报》"快活林"刊载滑稽小说《吹牛大会》，卐生，白话。

11 日　《申报》"自由谈"之小说栏刊载家庭小说《嫣红劫》（续）常觉、小蝶合译，天虚我生润文，文言。刊载痴情小说《美女花》，小山、梅郎合译，文言。

同日，《时报》刊载短篇小说《钻石谷》，蕉心，文言。"余兴"栏刊载哀情小说《活地狱》，含茹，文言。

同日，《大共和日报》附刊载社会小说《广陵潮》，涵秋，白话。刊载奇情侦探《井中花》，译者少芹，文言。

同日，《新闻报》"快活林"刊载滑稽小说《吹牛大会》，卐生，白话。小说栏刊载滑稽小说《水浒拾遗》，子春，白话章回。

12 日　《申报》"自由谈"之小说栏刊载家庭小说《嫣红劫》（续）常觉、小蝶合译，天虚我生润文，文言。刊载痴情小说《美女花》，小山、梅郎合译，文言。刊载"《小说新报》第一期出版露布"广告。刊载"《双星》出版，杂志界之大观、小说界之明星、文艺界之名著"广告。

同日，《时报》"余兴"栏刊载哀情小说《活地狱》，含茹，文言。

同日，《大共和日报》附刊载社会小说《广陵潮》，涵秋，白话。刊载奇情侦探《井中花》，译者少芹，文言。

同日，《新闻报》"快活林"刊载寓言短篇《吹睡狮梦》，燕双双馆，文言。刊载侦探小说《保罗别墅之惨剧》，常觉、见心合译，独鹤润文，文言。小说栏刊载滑稽小说《水浒拾遗》，子春，白话章回。

13 日　《礼拜六》第四十一期刊载怨情小说《玫瑰有刺》，瘦鹃译，文言。刊载苦情小说《吾夫死于虎》，指严，文言。刊载神怪小说《三金发》，爱庐，文言。刊载写形小说《警察长》，阿蒙，文言。刊载滑稽小说《鼻之趣史》，石山，文言。刊载军事小说《福斯太城之救主》，嘤溪一民，文言。刊载侦探小说《五万元》，静英女士译，文言。刊载福尔摩斯最新探案《恐怖窟》(续)，科南达里原著，常觉、小蝶合译，文言。刊载国际秘密侦探小说《秘密之府》(续)，William Le Queux 原著，太常仙蝶译，文言。

同日，《申报》"自由谈"之小说栏刊载家庭小说《嫣红劫》(续)常觉、小蝶合译，天虚我生润文，文言。刊载痴情小说《美女花》，小山、梅郎合译，文言。

同日，《时报》刊载短篇纪事《富者一席话》，阳羡逸卿，文言。

同日，《大共和日报》附刊载社会小说《广陵潮》，涵秋，白话。刊载奇情侦探《井中花》，译者少芹，文言。刊载广告："赠送《古今说部》丛书样本函索即寄，不取分文，发行所中国图书公司，代售处上海、各省商务印书馆同启。"

同日，《新闻报》"快活林"刊载社会短篇《半碗粥》(参观本报纪事)，瘦蝶，白话。小说栏刊载滑稽小说《水浒拾遗》，子春，白话章回。

14 日　《申报》"自由谈"之小说栏刊载家庭小说《嫣红劫》(续)常觉、小蝶合译，天虚我生润文，文言。刊载痴情小说《美女花》，小山、梅郎合译，文言。

同日，《时报》刊载奇怪小说《蛇灵》，怀古，文言。

同日，《大共和日报》附刊载社会小说《广陵潮》，涵秋，白话。刊载奇情侦探《井中花》，译者少芹，文言。

同日，《神州日报》"神皋杂俎"栏刊载小说《尹山人轶闻》，抚瑟，文言。刊载《航海难》，鸣瑞学译，文言。

同日，《新闻报》"快活林"刊载滑稽小说《双凤齐飞》，觉庵，文言。

15 日　《双星》第一期"小说"栏刊载《雌婿》，小凤，文言。刊载《双蝶影》，鹓鹑，文言。刊载《惨自由》，无斋，文言。刊载《画中爱龙》，瘦鹃，文言。刊载《一疋布》，倦鹤，白话。刊载《香蕉炸弹》，英国佛利门原著，天行译，文言。刊载《宁馨儿》，寒山，文言。刊载《事不谐矣》，瞻庐，文言。刊载《儿女乎？英雄乎？》，树声译文，矍禅拾题，文言。刊载《拾可敦阿奴事》（清秘史余录三），指严，文言。刊载《牛女怨》，中冷，文言。刊载社会小说《尘海燃犀录》，仆本恨人，白话章回。"传奇"栏刊载《红楼梦散套》。《双星》，上海双星杂志社主办，1915 年 3 月创刊于上海，月刊，1915 年 6 月停刊，共出 4 期。

同日，《申报》"自由谈"之小说栏刊载家庭小说《嫣红劫》（续）常觉、小蝶合译，天虚我生润文，文言。刊载痴情小说《美女花》，小山、梅郎合译，文言。

同日，《时报》刊载有正书局"时报短篇小说第四期出版"广告，内列其目。刊载"《眉语》第五号出版延期通告"广告。刊载商务印书馆《古今说部丛书》发行预约广告。刊载"聊斋"广告。刊载"《小说新报》第一期出版露布"广告。刊载理想小说《少女弭盗》，味雪，文言。刊载"《双星》出版"广告："杂志界之大观，小说界之明星，文艺界之名著，欲读雅俗共赏之文字者不可不阅双星杂志，欲供茶余酒后之消遣者不可不阅双星杂志，欲觅舟车旅行之良伴者不可不阅双星杂志，月出一册，每册定价大洋三角，洋装精印，都十万言，左右封面三色版精制，徐丹声先生法绘之落花人立燕双飞，内插翁松禅墨迹，任伯年□□吴穀祥山水，皆不可多得之宝。总发行所上海南市新码头本社，代发行所上海棋盘街文明书局。第一期目录如下……"

同日，《大共和日报》附刊载社会小说《广陵潮》，涵秋，白话。刊载奇情侦探《井中花》，译者少芹，文言。

同日，《神州日报》"神皋杂俎"栏刊载小说《尹山人轶闻》，抚瑟，文言。刊载《航海难》，鸣瑞学译，文言。

同日，《新闻报》"快活林"刊载警世小说《色鉴》，狮儿，文言。小说栏刊载滑稽小说《水浒拾遗》，子春，白话章回。

16 日 《申报》"自由谈"之小说栏刊载家庭小说《嫣红劫》（续）常觉、小蝶合译，天虚我生润文，文言。

同日，《时报》刊载寓言小说《狮王受困记》，章鉴，文言。

同日，《大共和日报》附刊载社会小说《广陵潮》，涵秋，白话。刊载奇情侦探《井中花》，译者少芹，文言。

同日，《神州日报》"神皋杂俎"栏刊载小说《尹山人轶闻》，抚瑟，文言。刊载《航海难》，鸣瑞学译，文言。

同日，《新闻报》"快活林"刊载滑稽短篇《大家白相》，花奴，文言。小说栏刊载滑稽小说《水浒拾遗》，子春，白话章回。

17 日　《申报》"自由谈"之小说栏刊载家庭小说《嫣红劫》(续) 常觉、小蝶合译，天虚我生润文，文言。

同日，《时报》刊载寓言小说《狮王受困记》，章鉴，文言。

同日，《大共和日报》附刊载社会小说《广陵潮》，涵秋，白话。刊载奇情侦探《井中花》，译者少芹，文言。

同日，《神州日报》"神皋杂俎"栏刊载小说《尹山人轶闻》，抚瑟，文言。刊载纪事短篇《小天纲》，我憨，文言。

同日，《新闻报》"快活林"刊载滑稽短篇《赔了官儿又折须》，太和，文言。

18 日　《申报》"自由谈"之小说栏刊载家庭小说《嫣红劫》(续) 常觉、小蝶合译，天虚我生润文，文言。

同日，《时报》刊载短篇小说《钻石谷》，蕉心，文言。"余兴"栏刊载实事小说《鸽祸》，亦史，文言。

同日，《大共和日报》附刊载社会小说《广陵潮》，涵秋，白话。刊载奇情侦探《井中花》，译者少芹，文言。

同日，《神州日报》"神皋杂俎"栏刊载小说《尹山人轶闻》，抚瑟，文言。刊载纪事短篇《小天纲》，我憨，文言。

同日，《新闻报》"快活林"刊载滑稽短篇《伏案功深》，阿佛，文言。小说栏刊载滑稽小说《水浒拾遗》，子春，白话章回。

19 日　《申报》"自由谈"之小说栏刊载家庭小说《嫣红劫》(续) 常觉、小蝶合译，天虚我生润文，文言。

同日，《时报》刊载滑稽短篇《介绍书》，今醉，白话，至本年 3 月 31 日止。

同日，《神州日报》"神皋杂俎"栏刊载小说《尹山人轶闻》，抚瑟，文言。刊载纪事短篇《小天纲》，我憨，文言。

同日，《新闻报》"快活林"刊载滑稽短篇《恩物》，觉庵，文言。小说栏刊载滑稽小说《水浒拾遗》，子春，白话章回。

20 日 《大中华》第一卷第三期刊载《石麟移月记》(续)，英国马格内原著，闽县林纾笔述，静海陈家麟译意，文言。

同日，《礼拜六》第四十二期刊载最新军事侦探小说《电》，瘦鹃译，白话。刊载普法战争轶事《最后之授课》，静英女士译，文言。刊载爱国小说《小学生》，藜青，文言。刊载神怪小说《金丸缘》，爱庐，文言。刊载历史小说《红白约》，梅郎，文言。刊载科学小说《白眉佳人》，默儿，白话。刊载欧洲童话之一《三公子》，觉迷译述，文言。刊载国际秘密侦探小说《秘密之府》(续)，William Le Queux 原著，太常仙蝶译，文言。刊载福尔摩斯最新探案《恐怖窟》(续)，科南达里原著，常觉、小蝶合译，文言。

同日，《申报》"自由谈"之小说栏刊载家庭小说《嫣红劫》(续)常觉、小蝶合译，天虚我生润文，文言。刊载"香艳名著《枕亚狼墨》、滑稽名著《双热嚼墨》同时出版"广告。

同日，《时报》刊载短篇小说《钻石谷》，蕉心，文言。"余兴"栏刊载滑稽短篇《介绍书》，今醉，白话。

同日，《神州日报》"神皋杂俎"栏刊载小说《尹山人轶闻》，抚瑟，文言。刊载纪事短篇《小天纲》，我憨，文言。

同日，《新闻报》"快活林"刊载爱国小说《好男儿》，铮铮，文言。

21 日 《申报》"自由谈"之小说栏刊载家庭小说《嫣红劫》(续)常觉、小蝶合译，天虚我生润文，文言。

同日，《时报》刊载"中华书局《中华小说界》二卷三期出版"广告。"余兴"栏刊载滑稽短篇《介绍书》，今醉，白话。

同日，《神州日报》"神皋杂俎"栏刊载小说《尹山人轶闻》，抚瑟，文言。刊载《青岛归客谈》，我憨，白话。

同日，《新闻报》"快活林"刊载滑稽小说《钱七钱八》，翰芬女士，文言。小说栏刊载滑稽小说《水浒拾遗》，子春，白话章回。

22 日 《申报》"自由谈"之小说栏刊载家庭小说《嫣红劫》(续)常觉、小蝶合译，天虚我生润文，文言。刊载滑稽小说《九万九千九百九十九》(梅郎译)，白话。

同日，《神州日报》"神皋杂俎"栏刊载中国侦探案小说《自由小榭》，兴业何诹著，文言。刊载《青岛归客谈》，我憨，白话。

同日，《新闻报》"快活林"刊载短篇寓言《病夫服毒》，寒潮，文言。刊载"说部之大观分类新纂《古今笔记精华》第二次预约券阴历二月底截止，以五百部为限，额满提前截止。全书二十四册，分装四函，定价洋四元，半价洋二元，外埠邮资二角。上海北京广州开封长沙汉口广益书局以及各埠书局分售。"

23 日 《申报》"自由谈"之小说栏刊载家庭小说《嫣红劫》(续)常觉、小蝶合译，天虚我生润文，文言。刊载痴情小说《美女花》，小山、梅郎合译，文言。

同日，《时报》刊载"笔记小说《野语》"广告："笔记与小说皆人人爱读之书也。而小说多虚构而笔记贵纪实，实则其事确其情真，其结构自然无强饰病，故其趣味亦无穷，而读者之爱读亦较小说为更甚，惟近来坊间笔记之书汗牛充栋，体裁屡杂，其资料其情节非雷同即过于幻妄，多与小说混，且晚近之作尤庞杂而庸俚，殊失笔记之真，是编为盐城拔剑研地生即印南峰先生所撰，经伏虎道场行者之编订，其所纪事大半皆先生所亲历，故多翔实而真切，笔墨尤高贵简练，淡而有味，远非庸肤之作可比，诚笔记中名贵之品也。全编分语逸、语幻、语屑三卷，本名南语乘□，改今名，读者试一购之，当知斯言之非谬也。……总发行所上海二洋泾桥人和里。"

同日，《神州日报》"神皋杂俎"栏刊载中国侦探案小说《自由小榭》，兴业何诹著，文言。刊载《青岛归客谈》，我懑，白话。

同日，《新闻报》"快活林"刊载滑稽短篇《零剪大小洋》，时芳，文言。

24 日 《申报》"自由谈"之小说栏刊载家庭小说《嫣红劫》（续）常觉、小蝶合译，天虚我生润文，文言。刊载痴情小说《美女花》，小山、梅郎合译，文言。

同日，《神州日报》"神皋杂俎"栏刊载中国侦探案小说《自由小榭》，兴业何诹著，文言。刊载实事小说《蚌珠同劫》，羞鸣，文言。

同日，《新闻报》"快活林"刊载滑稽小说《枕流漱石》，蚓廉，文言。

25 日 《小说丛报》第九期"短篇小说"栏刊载哀情小说《征鸿泪》（维摩原稿），仪鄩，文言；军事小说《泣颜回》（啸虎原稿），枕亚，文言哀情小说《亡国恨》，美国菲脱著，东讷译，文言；言情小说《情券》，英国 C. Mayne 原著，仪鄩，文言；侦探短篇《车窗一瞥》，又名《绿圈》，天愤属草，双热润辞，文言；侠情小说《枫林血帕记》，铁冷，文言；滑稽小说《阃威》，式稦，文言；风俗小说《珠崖还珠记》，绂章，文言；剳记小说《刘杰》，瘦吟，文言；怨情小说《黄金崇》，笑云，文言；记事小说《纨绔小史》，南溟，文言；红羊佚闻补《傅善祥别传》（戁侬原稿），铁冷，文言。"长篇小说"栏刊载历史小说《胜水残山录》，海虞无名氏原著，海虞稊逸如重编，白话，分章，有回目；别体小说《雪鸿泪史》（何梦霞日记），古吴徐枕亚评校，文言；理想小说《世界文明之悲观》（续），东讷译，文言；言情小说《爱情之兑换券》，水心译，文言；孽情小说《琵琶泪》（续），箸超，文言；奇情小说《血女指》（续）（William Le Quenz 原著），倪灏森译，文言。刊载再版通告："空前之名著《红羊佚闻》，注意，洋装一册，定价一元"。刊载《假币案》出版广告。刊载哀情小说《余之妻》广告。刊载"本社代售各书简目"，内有枕亚哀情小说《玉梨魂》定价六角，双热著哀情小说《孽冤镜》定价五角，双热著哀情小说《兰娘哀史》定价二角，箸超著哀情小说《蝶花劫》定价五角，秋心著军事小说《葡萄劫》上下卷五角六角，《铁冷丛谭》定价五角，《锦囊》定价五角，《破涕录》定价三角，《民权素》第一二三四五集每集五角，定夷著哀情小说《茜窗泪影》定价六角，定夷著哀情小说《鸳湖潮》定价五角，定夷著哀情小说《霣玉怨》定价六角，定夷著哀情小说《红粉劫》定价六角，定夷著苦情小说《湘娥泪》定价三角，《定夷丛刊初集》定价六角，侦探小说《辣女儿》，定价三角五分，《双星杂志》定价每册三角，《眉语》定价每册四角。

同日，《小说月报》第六卷第三号刊载"商务印书馆儿童用书"广告，内有《童话》第一集每册五分，《童话》第二集每册一角。刊载"商务印书馆出版宣讲必备之书"广告，内有"《新说书》，已出二集，每集一角二分，本书以李世地理科学实业诸端为材料，而以小说之辞调、说书之口腔，联络而贯穿之，诙谐百出，逸趣横生"，又有小说《克莱武传》三角，《澳洲历险记》一角五分，《美洲童子万里寻亲记》大本三角小本一角，《鲁滨逊漂流记》大本、小本，各二册，七角、三角。刊载"最为新奇、最有趣味之小本小说●商务印书馆出版"广告，所列书目与第五卷第九号相同。"短篇小说"栏刊载《情量》Manpassant 原著，铁樵，文言；刊载《潘五先生》，子泉，文言；刊载《飞》，守如，文言；刊载《破屋》，观奕，文言；刊载《新牛女会》，法国 Alphonse Daute 原著，廖旭人，文言；刊载《奖励金》Manpassan 原著，廖旭人，文言；刊载《英伦燃犀录》第一，裘剑岑，文言；刊载《丘逢甲传》，江山渊，文言；刊载《蒲韦磐石》，竞夫、字澄，白话；刊载《琼儿曲本事》，指严，文言。刊载"商务印书馆出版"广告："《说部丛书》一百三十册，零售四十余元，全部二十元。《林译小说》五十种九十七册，零售三十七元余，全部十六元。《小本小说》一百数十种，每册一角至二角，定价至廉，趣味渊深，携带便利。《新撰新译小说》二百余种，各类俱有，引人入胜，文言白话，兼擅其长。《旧小说》六集二十册，全部定价六元，上溯汉魏，下迄清末，荟萃精华，共千余种。《说林》已出十四集，每集二角。""长篇小说"栏刊载《西学东渐记》容纯甫先生自叙，凤石译述，铁樵校订，文言；刊载《鹣鲽姻缘三集》，泖东一蟹，此期刊载第七十六回 金印读书功名志谈 庚虞访妹骨肉情深，第七十七回 黑都统备轿送王亲 刘庚虞留书归故里，第七十八回 入王府刘肇周望用 定舟山黄毓祺被擒，第七十九回 钱谦益倖脱舟山狱刘三秀病倒济宁州，第八十回 碎药方妃子含嗔 赐匾额贫医交运，第八十一回 刘三秀计破假皇后 清世祖慰劳豫亲王，第八十二回 多铎归邸沐皇恩 豪格还京兴大狱，第八十三回 皇太后专权杀豪格 豫亲王监试录诸生；刊载《银盎夺艳》，法国 Hoffmant 原著，廖旭人，文言；刊载吴翊亭《旧小说》广告，内容绍介同前。"笔记"栏刊载《慧因室杂缀》，守如；刊载《小说丛考第三集卷二》（续第四卷），泖东一蟹，此期刊载《英烈演义考》。刊载"商务印书馆出版《学生杂志》第二卷第三号要目"广告，其中"小说"栏刊载《少年旅行谭》，孟宪承，《学生杂志》"月出一册一角，预定全年一元，邮费每册一分半"。刊载"本社函件最录"，此期刊载陈通甫与钱基博往来函件二封，函件讨论《技击余闻补》所纪石勇篇疑问二。刊载"中华民国四年二月商务印书馆出版新书"广告，内有名家小说《蟹莲郡主传》，上下二册，九角；新译小说《侠女破奸记》，一册，二角五分；新译小说《义黑》，林纾，一册二角；《罗刹雌风》，林纾，一册三角五分。刊载本社通告，为征稿启事，同前。

同日，《中华学生界》第一卷第三期刊载伦理小说《儿兮归来》，天笑、毅汉，文言；医学小说《病菌大会议》，天笑生，白话。

同日，《申报》"自由谈"之小说栏刊载家庭小说《嫣红劫》（续）常觉、小蝶合译，天虚我生润文，文言。刊载痴情小说《美女花》，小山、梅郎合译，文言。

同日，《时报》刊载"侦探小说《剧场大疑狱》、言情小说《红泪影》"广告："侦探小说《剧场大疑狱》，是书之情节离奇变幻层出不穷，比之福尔摩斯犹觉诙诡惊人更甚，诚侦探小说中之大观也。今已再版，每册大洋四角。言情小说《红泪影》，此书自出版以来风行远近，得社会之欢迎，目为外国红楼梦，则其价值已可想见，无待赘言，今已再版，全书共四册，大洋一元四角。四马路一家春番菜馆对面东华里广智书局。"刊载短篇小说《好教员》，严悲观，文言。

同日，《神州日报》"神皋杂俎"栏刊载中国侦探案小说《自由小榭》，兴业何诹著，文言，至本年3月29日。刊载实事小说《蚌珠同劫》，羞鸣，文言，至本年3月29日。

同日，《新闻报》"快活林"刊载实事短篇《爱国二童子》，翰芬女史，文言。小说栏刊载滑稽小说《水浒拾遗》，子春，白话章回。

26日 《申报》"自由谈"之小说栏刊载家庭小说《嫣红劫》（续）常觉、小蝶合译，天虚我生润文，文言。刊载痴情小说《美女花》，小山、梅郎合译，文言。

同日，《时报》刊载滑稽短篇《大律师》，浮石译，文言。

同日，《新闻报》"快活林"刊载滑稽短篇《书贾欺我》，大观，文言。刊载社会小说《分身术》，律西，文言。

27日 《礼拜六》第四十三期刊载爱国小说《爱国少年传》，瘦鹃译，文言。刊载政事小说《针剑》，小草，文言。刊载滑稽小说《属垣有耳》，原名 The Party Line，英国白伦诺赖新著，警己，白话。刊载言情小说《化石缘》（原名《赫恩司哈衣凌克峰》），德国侃尔那原著，李直译，文言。刊载军事小说《军人鉴》，半疯，文言。刊载福尔摩斯最新探案《恐怖窟》（续），科南达里原著，常觉、小蝶合译，文言。刊载国际秘密侦探小说《秘密之府》（续），William Le Queux 原著，太常仙蝶译，文言。

同日，《申报》"自由谈"之小说栏刊载家庭小说《嫣红劫》（续）常觉、小蝶合译，天虚我生润文，文言。刊载痴情小说《美女花》，小山、梅郎合译，文言。

同日，《新闻报》"快活林"刊载社会小说《分身术》，律西，文言。

28日 《申报》"自由谈"之小说栏刊载家庭小说《嫣红劫》（续）常觉、小蝶合译，天虚我生润文，文言。刊载埃及野史之一《勃莱特外记》，珮筠女史，文言。

同日，《新闻报》"快活林"刊载滑稽小说《冤哉武侯》，觉庵，文言。刊载滑稽短篇《火车站之聚会》，阿佛，文言。

29 日　《申报》"自由谈"之小说栏刊载家庭小说《嫣红劫》（续）常觉、小蝶合译，天虚我生润文，文言。刊载埃及野史之一《勃莱特外记》（二），珮筠女史，文言。

同日，《新闻报》"快活林"刊载滑稽短篇《财政人员之新谈话会》，剑虹，文言。

30 日　《申报》"自由谈"之小说栏刊载家庭小说《嫣红劫》（续）常觉、小蝶合译，天虚我生润文，文言。刊载埃及野史之一《勃莱特外记》（三），珮筠女史，文言。

同日，《时报》刊载广告："爱读小说者又有特别机会，一月不可错过。光华编辑社设立发行所，在四马路，门牌四百九十七号，特价优待加赠名著"，内含《民国野史》，名人笔记小说三种《草头下専乡赘笔》《毛对山先生笔记》《孙诗樵余墨偶谈》，又有重订《虞初广志》预约券广告。刊载滑稽小说《五五五》，习斋，白话。

同日，《神州日报》"神皋杂俎"栏刊载中国侦探案小说《自由小榭》，兴业何诹著，文言。刊载滑稽短篇《宫矮肠》，羞鸣，文言。

同日，《新闻报》"快活林"刊载警世短篇《奇童》，瘦蝶，文言。

31 日　《申报》"自由谈"之小说栏刊载家庭小说《嫣红劫》（续）常觉、小蝶合译，天虚我生润文，文言。刊载埃及野史之一《勃莱特外记》（四），珮筠女史，文言。刊载痴情小说《美女花》，小山、梅郎合译，文言。

同日，《时报》刊载光华编辑社"小说巨制重订《虞初广志》"广告。

同日，《神州日报》"神皋杂俎"栏刊载中国侦探案小说《自由小榭》，兴业何诹著，文言，至本年 4 月 2 日。刊载言情小说《吴门奇遇》，筑公，文言，至本年 4 月 2 日。

同日，《新闻报》"快活林"刊载滑稽短篇《误会》，天侔，文言。

培深，醭没俯惭，樗栎散材，难受雕刊。眼雾五花，自封其见，耳雷雨豆，少有所闻。詹詹奚与，炎炎泄泄，犹之杳杳。今日者羡杜库而多文，为富陆厨而味道之腴，如倾新酿而饮和，若烹小鲜而食德。遂使莲生之舌粲，不禁茅塞之心开。臭味风云，聪明冰雪。掷地而文披孙绰，恍闻金石之声。谈天而才愧徐陵，敢拟玉台之序。民国四年歙县东园吴承烜撰。"刊载"发刊词二"："粤自《齐谐》志怪，裨官采风，黄车使者，九百本自虞初。青黏小姑，第三神夫，蒋妹一知所及，尚俾缀而勿忘。十家列存，漫曰卑无高论。小说之兴，由来旧已。厥后译圣竞出，奇文相赏。非无哀感顽艳，极二十纪无上之美观。诡奇矞皇，辟五千年未有之丽制。嬗及今兹，而小说益蓬蓬勃勃，五光十色，为世界陈列品种之宏制矣。然而绝或弗续，云影空留，驳而不纯。余心滋怫，况乎三传灰烬，够学士之伤心。九宇尘昏，恫国魂其惨死。丁此时而几风会之改良，民智之启钥，又将于何焉是赖。呜呼！此《小说新报》之所由作也。萃狐腋做重裘，假屏镜烛百怪。黜绮语而屏佻词，革旧贯而鼎新体。笔濯脂汇，词缀欧花。轩文轻野，去锈发莹。学东方之滑稽，托坡公之笑骂。主文尽谲谏之意，小雅得怨悱之遗。而且半爪一鳞，饶有龙象。钩心斗角，争为虎谭。东李白西荷马，汇词海之潮音。南烟花北燕支，续繁华之艳史。游戏三味，天仙化人。咄嗟千言，小儒咋舌。是诚不朽之盛业，允征小道之可观已。不佞蠹梦春风，雌眠墨海。寓言十九，时窃慕夫庄生。沧海一瓢，殊自惭乎。作者明知儒林腐草，不能扫苔径而茁芳菲。僧衲寸缣不足壮，旌旗而生颜色。而乃穴底狐掺，遂得冀群骥坏。既登燕王市骨之台，遂着林公腻颜之帢。篇章小碎，长见笑于大方之家。文字因缘，姑妄证以我佛之说。发刊有日，予乃挥秃笔贡卮言，以弁其端。民国四年春轶池倪壮青撰。"刊载"发刊词三"："《小说新报》编辑竟，国华主任以发刊词属余。爰弁其端曰：慨夫齐谐诡诞，不厕四库之皮，郅说荒唐，群訾十洲之记。谈狐谈鬼，神话难稽。诲淫诲盗，辞可耻，一曲春灯之扇。百回野叟之言，在作者虽游戏逢场，而议者等俳优误世。驯至卑雅，调于么弦，抑丽辞为箧弄，徒见滥觞。末季语出，非伦不知，嚆矢先声，理归正则，况采风问俗偏。九百之书，品翠题红，诗六朝之艳，纤不伤雅，易索解人。辞则传情，可醒酲梦。纵豆棚瓜架，小儿女闲话之资，实警世觉民，有心人寄情之作也。嗟嗟，文章未老，竹素有情。逞笔端之褒贬，作皮里之阳秋。借乐府之新声，写古人之面目。东方曼倩，说来开笑口胡卢。西土文章，绎出少蟹行鹃突。重翻趣史，吹皱春池，画蝴蝶于罗裙，认鸳鸯于坠瓦。使竹林游歌，尚识黄公之炉，山阳室空，犹听邻家之笛。看来图画，道在个中。劫后须眉，毫添颊上。着意于村讴俗唱，求老妪之诗解白公。用心于索隐猜谜，仿幼妇之碑传。黄绢爱情，读新装简册，伦理讽旧日，文章借古鉴今。漫等妄言妄听，玩华丧实，是在见智见仁。发刊日，是为词。民国四年二月昆陵李定夷撰。"刊载"题词"："坌天政海两茫茫，得失鸡虫举世狂。笑汝昙花空一现，千秋不朽是文章。　祸水飞腾不忍论，昂头欲语已声吞。文人拯世惭无术，为赋大招醒国魂。　蒙叟成书本寓言，夷坚一志亦奇观。美人香草今非昔，千载何人继屈原。　风雨声声笔底哀，男儿壮志未全灰。十年呕尽心头血，流向行间字里来。　骚人咳嗽尽珠珂，尺幅汪洋万象罗。天半奇光纷灿烂，齐民共仰楚材多。（山渊）　化工不工大造造，地球不新天亦老。老天口日乐周旋，人寿月圆花更好。　社中诸子究人天，太息众生梦可怜。笔妙能医人道苦，神官莫笑野狐禅。　绝俗才华便有情，况驱社会进文明。洪思覃识罗胸次，敢补人间路不平。　一夫呼蠹无轻重，运入文思是达人。愿学嚣俄祷哀史，咄嗟叹吒总精神。（守黎女士）"刊载"本报撰述员小影"，内有定夷、山渊、醒独等。"说林"栏刊载近事艳史《金玉娃》，指严，文言。刊载华侨惨史第一则《吧城雁语》，定夷，文言。刊载清宫秘史《宦儿碧血记》，轶池，文言。刊载明季轶闻之一《夏令尹外传》，山渊，文言。刊载滑稽小说《你今儿有饭吃了》，恬予，白话。刊载革命外史《崇拜英雄》，竞存，文言。刊载言情小说《琼珠忆话》，欣之、品丹，文言。刊载侦探小说《小铁箱》，英国焦而威士奴著，濑江浊物译述，文言。刊载记事小说《瞿昙影》，醒独，文言。刊载警世小说《奸恶记》，茹胜译，文言。刊载言情小说《英皇福》，悔初生，文言。刊载义烈小说《幽恨长埋》，待之，文言。刊载欧美名家小说《天作之缘》（严美利之轶事）吴兴周之栋迻译，罗榜辰校阅。篇头有语：本篇为西洋名家小说，原名 The Woman Thon Cavest me.（A Story of O'Neill.）凡分七卷，共一百十有六章，全书总四十万言，西洋小说家之圭臬也。译者附志。文言。刊载艳情小说《伉俪福》，蓉华女士口述，李定夷氏笔录，文言。刊载苦情小说《孽海波》，英蜇，文言。刊载侦探小说《琼阁戕姝记》（Kathanine Green 原著），易时，文言。刊载醒世小说《狎邪镜》，绮红，第一回 游花园书生结伴 遇佳丽吉士留情，第二回 张一清高谈韵事 李伯龙初入花丛，第三回 假殷勤一意下迷汤 惯谑弄几番调趣语，第四回 两儿生日恩客称觞 神女多情巫山寻梦，白话。刊载"本局新书广告"："艳情小说《美人福》出版预告：是书为昆陵李定夷先生新著。先生长于小说。所著《宝玉怨》《鸳湖潮》《茜窗泪影》《红粉劫》《湘娥泪》《定夷丛刊》等书一篇风行，万家传诵，固已有口皆碑，不胫而走矣。惟是，知先生哀情小说之佳，未尝知先生尤长于艳情小说也。是编叙述一巨室家庭，红颜少女绿鬓佳人，亦富贵，亦荣华，不淫荡，不秽浊，以淋漓酣畅之妙文，写旖旎风流之艳福，兼之谐语横生，涉笔成趣，歌词满纸，抚卷有香，是诚能于小说界中别辟蹊径者。读者若手置一编，当信斯言之不谬也。全书凡十万言，业已付印，即日出版，封面用珂罗版美人画，装钉精美，定价大洋六角。《美人福》回目：第一回 说常理文士逞谰言 著新书稗官献薄技 第二回 作旅行汉水遇良朋 叙家世鄂州推望族 第三回 意合情投钉盟鄂渚 兴高采烈揽胜燕京 第四回 客里话情几番示意 湖滨惊艳一见倾心 第五回 琴感知音我来不速 花开解语卿本多情 第六回 开华筵夫人庆鹤寿 进旨酒公子献鸿文 第七回 簇彩缕金一堂集艳 灯红酒绿众美联欢 第八回 旧游戏场头头除旧 新俱乐部色色翻新 第九回 游湖亭七言联雅句 结吟社十美起新名 第十回 蓝田种玉聘礼告成 南浦钱行离愁伊始 第十一回 亭短亭长频洒情泪 书来书去互诉幽怀 第十二回 燕翼堂改建俪仙阁 樱花馆更名鲽影楼 第十三回 校舍筑成裙

钗兴学 秋风战捷夫婿封侯 第十四回 怜名花老人收义女 见宝藏小婢起贪心 第十五回 种竹栽花美人丰度 锄强扶弱义士心肠 第十六回 谗人高张净臣罢职 名宦归去胜地卜居 第十七回 片舟双桨偕泛平湖 万紫千红薄游香国 第十八回 玉树琼花两情烂熳 人间天上普庆团圆 第十九回流苏帐里絮语绵生 玉镜台前柳眉试画 第二十回 渡蜜月双鞭离祖国 乘长风万里赴西洋。总发行所上海四马路画锦里西首。"刊载"本局新书广告"："《賈玉怨》三版出版：定夷为当今小说巨擘，是书都十万言，为先生生平得意之作。哀感顽艳，情文兼至，而造意新颖，布局精工，尤为特色。自出版后远近争购，如获至宝，初版再版俱不及一月，即将全书售罄。销路之速实足惊人，说者谓《鸳湖潮》已极说部之精湛，《賈玉怨》则尤有甚焉。三版早所存无几，已出之书，装订更加精良，仍售大洋六角。"哀情小说《鸳湖潮》小说三版出版"："是书为定夷杰作，结构纯用倒提法，一洗平铺直叙之窠臼。所述名士佳人，凡六七人。人人结局各异。尤特色者书中主人疑死复生，将圆忽蚀，出神入鬼，一面缘悭，洋洋七万言，尽从空处盘旋，而缠绵悱恻又无异相对，凄楚妙事也，亦妙文也。自去年即再版，十月又三版，销数之广，无出其右，足以见社会欢迎之意见。三版用石印水彩美人封面，装订更见精良，并加入评语、题词，仍旧五角。总发行所上海四马路画锦里西首。"刊载"本局新书广告"："哀情小说《茜窗泪影》再版出书：是书为昆陵李定夷先生巨制，定夷所编小说无不受社会欢迎。本书十余万言。书载二女郎，一姓何，名鸳秋，一姓沈，名琇侠，俱粤人，谊结金兰，情同手足，鸳秋有兄名长龄，以妹之介绍与琇侠订婚。长龄有同学王子漳，相交弥笃，寻以鸳秋许之。光复之役，长龄子漳率兵北伐，长龄病于南京，鸳秋琇侠闻惊北上，道过沪滨，身陷台基，鸳秋先遁出，至宁遍访长龄不遇，再至沪，琇侠亦已脱离苦海，一双全璧，偕返羊城，始知子漳已挟长龄之柩南归。长龄即死，何氏无儿，子漳乃入赘，琇侠誓不他适，仍归何氏，不嫁而寡，诚属可怜。然岑苔旧好，完聚终身，亦鸳秋琇侠之始愿也。定夷以惬意快心之文章，惊人炫目之事实，哀感顽艳，一体俱备。业已再版，精装一册，定价大洋六角。苦情小说《湘娥泪》再版出书：昆陵李定夷以文学胜声江右，著作等身，《湘娥泪》其一也，是书事实凄惨，文笔哀艳，一字一泪，一句一血，洵可歌可泣之名著，亦仅有仅见之奇文也。初版不及一月，完全售罄，再版业已出，所存无多。幸速购取，定价大洋三角。刊载侦探小说《辣儿女》现已出版：是书为前众议员廉江江山渊先生所译。先生为岭南古文家。兹出其著述之余绪译成此书。书叙英国一女郎与某生爱情弥笃，欲与结缡，而某难之，女郎出下策，手刃父而凶器上镌以生名，逼生偕遁。生卒不可。后经侦探种种运筹，果获主犯。情节离奇，文笔雅洁，佐以定夷先生之眉批，总评提纲挈领，意味盎然，诚侦探小说中不可多得之佳著也。业已出版，定价三角五分。总发行所上海四马路画锦里西首。"刊载"本局新书广告"："空前名著《南巡秘记》出版预告：满清盛世允推康乾，惟物力之饶富以此时，举事之铺张杨厉亦以此时。当日习于歌颂圣明，但知为大典，而不知为夸靡，记载者率多隐讳其遗迹，仅得之父老流传。据旧之士病焉。民国而后忌讳胥蚀，始稍稍见诸稗官野史，窥豹一斑，致足珍贵。兹本局觅得当世文家许指严先生《南巡秘记》全稿凡十则(一)幌子僧(二)水剧场(三)幻桃(四)野叟曝言全稿(五)无发国母(六)一夜之喇玛塔(七)独一无二之孔雀翎(八)青芝岫小史(九)一箭双雕(十)海宁陈墓拾闻，都六万余言，事迹离奇，皆未经人道，即一二与传闻相合而详略悬殊。先生熟于清代掌故，艺林咸知，无俟赘述，则此书之价值可知也。现已付印，不日出版，定价大洋六角。《民国趣史》第一辑出版预告：是编为李定夷先生所辑，专纪民国成立以来上自政府，下至市厘，各种风趣之事，读之可以喷饭，可以拍案。第一辑共分六类(一)寿星集(二)遗老传(三)官场琐细(四)试院现形(五)裙钗韵语(六)社会怪谈。每类都数十种，材料精美，事实诙谐，近来坊间所出，谐笑之本，不涉于淫荡则近于捏造，此编独力矫前弊，无一言流于秽亵，无一节不求真实。卷首更有滑稽名画四幅，开卷一视，便可令人捧腹也。全书七万余言，洋装一册定价大洋四角。总发行所上海四马路画锦里西首。"

"谈屑"栏刊载《仿庵笔记》，山渊，文言。刊载"本局新书广告"："《消闲钟》大赠彩，月出二册，每册一角：本杂志由李定夷君主任编辑，内容丰富，趣味深长，有说部志林谐乘文苑杂志等门，无美不收，所收必佳，现在出至第一集第十一本。自本期起，特备彩品赠送，以答欢迎者之盛意。凡购十二期大洋一元，赠郑曼陀先生所绘五彩美女月份牌一张，美女书戏三种，外埠函购，邮资自备。新剧小说《妻党同恶报》：是书罗端甫先生所编。端甫文学优美，前在《民权报》主撰论说，摇笔千言，洋洋洒洒，都成名论，而于小说尤所擅长，有《双文恨史》之作，刊载《民权报》，惟小说惜墨如金，不可多观，兹经友人商之数次，始得斯作，诚佳制也，定价大洋三角。新剧小说《家庭恩怨记》：《家庭恩怨记》为新剧同志会之佳作，分前后二本，他剧团甘拜下风。兹书即本其原有脚本编辑而成，由陆非非君主稿，洵新剧小说之佳构也，洋装一册，定价大洋二角。新剧小说《不情人》：《不情人》即恶家庭新剧之最有价值者也。本局特请著名评剧家阳羡生编为小说，绘影绘声，栩栩欲活，俾有观剧癖者得知剧中情节为益不少也，定价大洋二角。总发行所上海四马路画锦里西首。"刊载"本局新书广告"："言情名译《红粉劫》再版出书：是编为英国大文豪司达渥博士原著，定夷先生毕业于南洋公学，兼精拮庐文字，以东方之俊才译西士之杰作，事实则推陈出新，文笔则沉浸秾郁，全书凡十万余言，初版出版以来争购一空，价值之高，概可想见。兹经再版，改用石印，水彩美人封面，装订较前更为精美，仍旧大洋六角。《定夷丛刊初集》再版出书：定夷善作小说，断缣零纨，俱是名著。兹辑为丛刊一书。初集凡分四卷，卷一短篇小说，卷二长篇笔记，卷三短篇笔记，卷四杂著。全书凡十万言，业已出版，记述新颖，趣味浓厚，亦香亦艳，亦庄亦谐，以生花之妙笔集说部之大成。是诚定夷先生佳作。爱读定夷手笔者盍置一篇，当信言之不谬也。封面用五彩美人画，精装一册，定价大洋六角。《定夷丛刊二集》出版预告：二集俱系定夷先生新著，较之初集更见新颖，内容凡分六卷，卷一短篇小说，卷二长篇小说，卷三短篇笔记，卷四长篇笔记，卷五谐薮，卷六译丛，末附鬘红墨粹一卷，系定夷夫人所著，出之闺闱，尤为名贵，全书十四万言，业已付印，即日出版，定价大洋六角。总发行所上海四马路画锦里西首。"刊载"东方书局广告"："《世界皇室奇谈》三版，洋装一册，定价六角：是书为太仓唐真如先生译述，对于世界皇室琐屑之事，秘密之举以及宫闱之异闻，内庭之艳话，正史所不及详者，莫不一一备载，出书未及一月已经三版，其价值无待赘言。《世界新婚奇谈》再版，洋装一册，定价六角：是书为太仓唐真如先生译述，分世界结婚奇谈、各国结婚丛话二编，并附日本名人之结婚佳话及各地奇异之结婚风俗二编，举凡关于婚姻之宜否，婚礼之异同，罔不搜罗备载，饶有兴趣，既可供茶后酒余之谈助，又可为研究风俗之考证，洵为近今译籍中最有兴味之佳构也。《泰西轩渠录》出版，洋装一册，定价四角：是书为太仓唐真如先生编译，其中所录凡数百则，极有趣味，读者手此一编，可知碧眼虬髯之俦，其好诙谐殊不让于吾国而其供人喔噱，且远胜于吾国之笑林谐谭各书也。军事小说《破天荒》三版，洋装精本一册，定价大洋四角：近世发明空中飞行之术，实为军事上唯一之利器。此次欧洲大战，各国利用空中飞行之术，其载于报纸者已屡见不一见。据最近消息，齐泊林汽球队有攻英之说，德军今又破盎凡尔以得攻英之近路，而法境已有飞机交战及巴黎组织空中防卫队之事。青岛亦于日本飞机与德国飞机交战之事。总观所载，殆去空中大战之期不远。诸君倘欲考察欧洲战事而求其利用空中飞行之法乎？则曷一读军事小说《破天荒》。是书为德国冒京原著，内盛言德皋维廉第二法意飞行事业。今将一一见诸实验，且是书所载不独关于军事一方面，即空中之交通空中之探险空中之旅行以及日后空中事业之发达，罔不包罗净尽。诸如欲应世界之潮流，考物质之进步，则断不可不读是书也。兹特重加修订，付印三版，封面改用五彩石印空中战争图，尤为炫丽夺目。总发行所上海六马路石路口松盛衖衕。"刊载"《天风阁荟谭》"广告："是书系征集轶闻艳说汇辑而成，内容计分四卷，都二百余则，汇罗宏富，捃拾繁多，其中刊列事实胥他书所未经见及者如《文文山别史》《明末老莲以画不屈》

《西太后》《寄衣曲》《闻笛词》《咏绣鞋》《石人语》《误杀奇案》《粤人某夫妇事》，诸记载尤为光怪陆离，新奇炫目，抑且叙述详明，洵足为酒后茶余挥尘清谈之助。爱读笔记诸君当必争先快睹焉。全书四册，精装布套，定价大洋六角。代发行所上海国华书局、中华图书馆、扫叶山房、苏州文怡福记书局、天津博雅书局、新华书局、河南百城书馆、文会山房、北京富强斋、文明斋、龙文阁、福州宏文阁书局及各埠大书坊。"刊载"中外古今《笑林一千种》出版预告，印刷中"广告："近今坊间所出笑林各书大豆粗言浊语，俗不可耐，甚至诲淫诲盗，每况愈下，本局域力除此弊，爰请太仓唐真如先生另编中外古今笑林一千种，选精剔窳，俗不伤雅，诚近今笑林书中未有之杰作也。现已付印，不日即可出版。总发行所上海六马路石路口东方书局。"《小说新报》编辑主任昆陵李定夷，发行所小说新报社，印刷所国华书局，总发行所上海四马路一百二十六二十七号门牌国华书局。外埠代售处北京富强斋、北京自强斋、北京龙文阁、北京文成堂、北京鸿文斋、北京直隶书局、北京饷华书局、北京致文堂、北京泰山堂、北京晋华书局、天津新华书局、天津群益书局、天津博雅书局、天津萃文魁、天津文得堂、营口成文厚、烟台诚文信、长沙出益图书社、河南百城书馆、河南文会山房、汉口会文局、山东宫书局、山东日新书庄、芜湖渊海书局、芜湖科学图书社、徐州中华书局、南京中华书局、南京共和书局、四川二酉山房、重庆崇文书局、成都崇文书局、广东蒙学书局、广东林记书庄、广东华英雄书局、兰州华英书局、云南邱文雅堂、云南戴三元堂、云南维新书局、宁波竞新书社、厦门新民书社、奉天章福记书庄、奉天广益堂、无锡学海棠、无锡文华书局、无锡小说汇社、无锡经伦堂、无锡书局、无锡日升山房、嘉善闻恒裕派报处、松江益智书社、杭州德记书庄、苏州振新书社、苏州玛瑙经房、苏州文怡书局、苏州小说林、苏州文明书局、常州日升山房、常熟学福堂、沙市广智书局、姜偃文得堂、汕头共和书局、保定群玉山房、济南教育图书社、福建宏文阁、福建陈寿记、太仓普益公司。《小说新报》8 卷 93 期，1915 年 3 月创刊于上海，李定夷主编，月刊。

陈蝶仙、钱瘦鹃、包醒独等皆为其主要撰稿人。1923 年 10 月终刊,共出 8 卷 93 期。

04 月

01 日　《东方杂志》第十二卷第四号刊载《薄倖女》(一名《恶侦探》,英国梅女士著),作霖,文言;历史小说《绛带记》,法国大仲马原著,不许转载,天游,白话;《五十故事》之《亚历山大之少年》,东吴旧孙,文言。

同日,《小说丛报》第七期刊载"《余之妻》哀情小说,枕亚著"广告:"枕亚君为小说界巨子,一编出世,众口皆碑,价值之高,一时无两。兹书为其最近精心结撰之作,其中情节之离奇,文笔之哀艳,在哀情小说中允推独步,全书八万余言,近方在校勘中,不日付印出书,想爱阅枕亚文字者,定必争先快睹也。特此预告。小说丛报社出版部启。"刊载"本社特别征文":"(一)长篇小说字数在五万以上,十万以下,译稿不收。海内文士有愿以妙著惠本社者请先寄稿本社,由本社酌定酬金,得著者允许,再订合同,不合之稿于一星期内寄还。(二)谐文谐谈谐文勿过长,谐谈勿过俚,须择简短而有趣味,滑稽而有寄托着为合格,每千字自一元至三元,分三等酬谢,出书后著者照篇末注明等数向本社账房领取,有不愿受酬之稿,来函请先示明以免唐突。(三)余兴资料,如有以香艳小品及各种杂著见惠者,一经采用,当以本报及本社新出版之书籍为酬。"刊载哀情小说《碎画》,枕亚,文言。刊载伦理小说《迷津筏》(星海原稿),仪鄹,文言。刊载军事小说《奥太子被刺之朕兆》(英国培黎原著),水心、式犀合译,文言。刊载怨情小说《莫是稿碫归》,铁冷,文言。刊载历史小说《孤岛英雄传》,定夷,文言。刊载复仇小说《人不如猴》,双热,文言。刊载侦探小说《催眠术》,倪灏森译,文言。刊载警世小说《车夫语》,秋梦,文言。刊载纪事小说

《血溅野鸳鸯》,慕韩,文言。刊载《红楼百咏》慕韩,此期题为贾敏、赵姨娘、邢夫人、王夫人、刘姥姥。刊载哀情小说《公子无缘》,悔初生,文言。刊载"同时出版之两大名著《枕亚浪墨》《双热嚼墨》":"枕亚、双热二君之文字久违海内人士欢迎。兹二书乃汇辑二君新旧著作而成,《浪墨》共分八卷,(一)艺文(二)吟韵(三)说部(四)谈丛(五)艳薮(六)谐著(七)尺牍(八)杂俎。《嚼墨》共分五卷,(一)翰墨林(二)人物春秋(三)说部(四)游戏文章(五)十鸽乱盘。二书各十余万言。精装一厚册,定价每册大洋六角,现已付印,即日出书。""长篇小说"栏刊载别体小说《雪泪鸿史》(何梦霞日记),古吴徐枕亚评校,文言。刊载孽情小说《琵琶泪》(续),箸超,文言。刊载理想小说《世界文明之悲观》,东讷译,文言。刊载哀情小说《潘郎怨》(续),定夷,第八回 邪侵骨肉弱女惊心 病入膏肓名医束手。刊载言情小说《爱情之兑换券》(续),水心译,文言。刊载"双料《五铜圆》第十六期出版了"广告。刊载《假币案》广告。刊载出版通告:"空前之名著《红羊佚闻》,洋装一册,定价一元。"

同日,《小说海》第一卷第四号刊载"中国图书公司和记出版"广告:"侦探小说《美人唇》,一册,定价二角,冶孙不才译,是书叙侦探家聂格卡脱所侦查之一奇案,情节变幻,趣味浓深,读之可知侦探家手腕之奇妙,不能不令人叫绝。侦探小说《奇瓶案》,一册,定价四角,吴紫崖译,是书亦聂氏奇案之一,开卷破空而来,神妙不可思议,前后情节变幻百出,于西洋社会情状,尤能活现纸上。"刊载吴翊亭辑《旧小说》广告。刊载《古今说部丛书》发售预约券广告。"短篇"栏刊载《碧海沉珠记》,荫之,文言;《慕义可风》,观奕,文言;《月夜魂》,枕流,文言;《八月二十》译 Percy Anecdotes 月报,半侬,白话;《婢妖》,再芸,文言;《海上轶闻》,冯君来,文言;《是曰自侮》,阮凤人,文言;《鬼妒》英国 Alice. Claude 著,小青,文言;《断崖》,六符,文言;《双白奇冤》,指严,文言。"长篇"栏刊载《碧血鸳鸯》,英国蔡尔斯掰弗师著,沈焜、印剑鸣,文言;《黑籍魂》,待飞生,白话章回。

同日，《中华小说界》第二卷第四期"短篇"栏刊载社会小说《一文钱》，春岩，文言；哀情小说《哀鹣心影》，王汉章，文言；伦理小说《难兄难弟》，瘦鹃，白话；滑稽小说《半面妆》，梅梦，白话；讽世小说《伊里亚》，愿深、瓶庵，文言。"长篇"栏刊载哀情小说《归梦》，湘影，白话；家庭小说《帐中说法》，瓣秾，白话；言情小说《情哲》，冬青荜公、瓶庵，文言。"来稿俱乐部"栏刊载《廿年一醉》，王梅魂，文言；《一夕谈》，超然，文言；《高三》，蒲谪縠，文言。"名著"栏刊载《古今笔记平议》（续前期），瓶庵，此期论《冷庐杂识》《辍耕录》《竹叶亭杂记》《人海记》《东坡笔记》《洪容斋随笔》）。

同日，《申报》"自由谈"之小说栏刊载家庭小说《嫣红劫》（续）常觉、小蝶合译，天虚我生润文，文言。刊载痴情小说《美女花》，小山、梅郎合译，文言。刊载广告："诸君最欢迎盼望之小说杂志《眉语》第五号准于阴历二月十六日出版每册价四角。"刊载"《蕉窗漫录》"广告："是书系笔记体裁，内容丰富，趣味横生，封面请胡伯翔先生绘时装美女图，装订袖珍本，一册定价二角，书内附赠小说家邵拙□先生所著之哀情小说《薄命花》特价证券一纸，以酬阅者诸君之雅意。发行所上海宁波路续福里三七二号启智小说社，分售处本外埠各大书坊。"

同日，《时报》刊载"新小说，文词雅洁、趣味深浓，上海棋盘街广益书局发行"广告："《蕙娘小传》一册二角，《弱女飘零记》一册三角，《黛痕剑影录》一册二角，胡寄尘著《短篇小说》每册二角，《虞初近志》一册五角，《滑稽丛书》二册四角，北京、汉口、长沙、开封、广州广益书局。"

同日，《新闻报》"快活林"刊载警世小说《虐婢惨报》，高洁，文言。

02 日 《申报》"自由谈"之小说栏刊载家庭小说《嫣红劫》（续）常觉、小蝶合译，天虚我生润文，文言。刊载埃及野史之一《勃莱特外记》（五），珮筠女史，文言。刊载痴情小说《美女花》，小山、梅郎合译，文言。刊载广告："《小说周刊》第一二三四已出，每册一角。"刊载广告:"《白塔红桥》一角二分,《孽镜》二角五分,《儿女情多》一角二分,《小说魔》一角。总发行所上海库伦路永兴里昌华书局,代发行英大马路小菜场东首惟新里国学维持社、望平街鸿文书局。"

同日,《新闻报》"快活林"刊载滑稽小说《床第之言》,觉庵,文言。

03 日 《礼拜六》第四十四期刊载爱国小说《爱夫与爱国》,瘦鹃译,白话。刊载滑稽小说《万能医生》,德国克利姆原著,小草,文言。刊载战事小说《圣安东尼之牧师》,常觉,文言。刊载国际小说《德间谍与美记者》,剑啸、梅郎,文言。刊载寓言小说《吾教你们一首功课》(I teach you a lesson),瘦鹃,白话。刊载福尔摩斯最新探案《恐怖窟》,科南达里原著,常觉、小蝶合译,文言。刊载国际秘密侦探小说《秘密之府》,William Le Queux 原著,太常仙蝶译,文言。

同日,《申报》"自由谈"之小说栏刊载家庭小说《嫣红劫》(续)常觉、小蝶合译,天虚我生润文,文言。刊载埃及野史之一《勃莱特外记》(六),珮筼女史,文言。刊载痴情小说《美女花》,小山、梅郎合译,文言。

同日,《神州日报》"神皋杂俎"栏刊载中国侦探案小说《自由小榭》,兴业何诹著,文言,至本年 4 月 9 日。刊载理想小说《西山别业》,羞鸣,文言,至本年 4 月 9 日。

同日,《新闻报》"快活林"刊载滑稽短篇《神恫》,陆师尚,文言。刊载侦探小说《保罗别04 日《申报》"自由谈"之小说栏刊载家庭小说《嫣红劫》(续)常觉、小蝶合译,天虚我生润文,文言。刊载短篇滑稽《医生之决斗》,小青译,文言。

同日,《时报》刊载讽世小说《古董店》,新树,文言。

同日,《新闻报》"快活林"刊载侦探小说《保罗别墅之惨剧》,常觉、见心合译,独鹤润文,文言。

05 日 《妇女杂志》第一卷第四号"名著"栏刊载《女世说》,昭阳李清映碧辑。刊载"古今说部丛书发售预约券广告"。"小说"栏刊载《绣余语》，鹓鸰，文言；《三麦包》，天行译，文言；《德皇之侦探》（一名《侦探之侦探》），英国 William Le Quenx 原著，韵唐，白话。

同日，《申报》"自由谈"之小说栏刊载家庭小说《嫣红劫》（续）常觉、小蝶合译，天虚我生润文，文言。刊载埃及野史之一《勃莱特外记》（七），珮筠女史，文言。刊载短篇滑稽《医生之决斗》，小青译，文言。

同日，《时报》刊载"言情小说《蓓德小传》出版"广告："吴门天笑生译，此书曾按日登载时报小说栏中，久已脍炙人口，兹特汇印成书，以应嗜读说部者之征求焉。定价三角。上海望平街有正书局及北京、天津、南京、苏州分局同启。"

同日，《新闻报》"快活林"刊载社会小说《禁烟》，恨人，文言。刊载言情小说《并头莲》，江都李涵秋。

06 日　《申报》"自由谈"之小说栏刊载家庭小说《嫣红劫》（续）常觉、小蝶合译，天虚我生润文，文言。刊载埃及野史之一《勃莱特外记》（八），珮筠女史，文言。刊载痴情小说《美女花》，小山、梅郎合译，文言。

同日，《时报》刊载惊世短篇《投池少年记》，斯林时，文言。

同日，《新闻报》"快活林"刊载滑稽短篇《馒头换面吃》，瘦蝶，文言。刊载言情小说《并头莲》，江都李涵秋。

07 日　《申报》"自由谈"之小说栏刊载家庭小说《嫣红劫》（续）常觉、小蝶合译，天虚我生润文，文言。刊载痴情小说《美女花》，小山、梅郎合译，文言。

同日，《时报》刊载哀情小说《战壕惨史》，镜侠，文言。

同日，《新闻报》"快活林"刊载滑稽短篇《吾日三省吾身》，燕双双馆，文言。刊载言情小说《并头莲》，江都李涵秋。刊载商务印书馆发行"有益之消遣"广告，内有说部丛书、林译小说、小本小说、新撰新译小说、旧小说、说林等。刊载《民国野史》广告。刊载光华编辑社发行"名人笔记小说三种"广告。

08 日　《申报》"自由谈"之小说栏刊载家庭小说《嫣红劫》(续) 常觉、小蝶合译，天虚我生润文，文言。刊载埃及野史之一《勃莱特外记》(九)，珮筠女史，文言。刊载痴情小说《美女花》，小山、梅郎合译，文言。刊载"秋心说部第一集"广告："陆秋心先生以蕴藉风流之笔，写缠绵悱恻之文，译欧美名大家说部，故能曲尽其致，而又合我国文人审美好奇各种心理，曩主民呼民吁民立三报时，其所著作久为社会欢迎，盖其言外有物，实足以输灌知识，导引思想，读者受其转移于不自觉，固不仅作小说观也，比年以来，译撰小说者日出不穷，然欲如秋心所著斐然成章、有益社会者，殊未多见，兹请诸先生，汇其宿构，曰刺虎盟鸳记，曰铁血红丝，曰蛛丝怨，曰兰因，四□为先生生平得意之作，名曰秋心说部，第一集业已出版，定价五角，总发行所上海四马路民权出版部。"

同日，《时报》刊载哀情小说《战壕惨史》，镜侠，文言。

同日，《新闻报》刊载中国图书公司和记发行《古今说部丛书》广告："预约将次截止，购者尚祈从速。""快活林"刊载滑稽小说《达官之病》，病骸，文言。刊载言情小说《并头莲》，江都李涵秋。

09 日　《申报》"自由谈"之小说栏刊载家庭小说《嫣红劫》(续) 常觉、小蝶合译，天虚我生润文，文言。刊载痴情小说《美女花》，小山、梅郎合译，文言。

同日，《时报》刊载寓言短篇《猫鼠交涉》，醒民，文言。

同日，《新闻报》"快活林"刊载滑稽小说《攻心》，花奴，文言。刊载言情小说《并头莲》，江都李涵秋。"快活林俱乐部"刊载"征题瞻庐小说"："题目：拙著小说散见于各种杂志月报者，任取一篇，均可作为题目。格律：诗古文辞均所不拘(字数不得逾二百字)。赠品：各种小说杂志。……"

10 日　《礼拜六》第四十五期刊载记事小说《威廉白郎外传》，东垫译，文言。刊载国民小说《血性男儿》，瘦鹃译，文言。刊载社会小说《祸欤福欤》，常觉译述，剑秋润辞，文言。刊载军人小说《好男儿不当如是耶》，瘦鹃译，白话。刊载滑稽小说《福尔摩斯之失败》，小蝶，文言。刊载滑稽小说《噫，怎不见酸化炭素出来呢》，醉农，文言。刊载哀情小说《桃花人面》，葩奴，文言。历史小说《望帝魂归蜀道难》，梅郎，文言。

同日，《女子世界》第四期"说部"栏刊载家庭小说《FAITH》，瘦鹃译，文言。刊载爱国小说《女郎露史传》，太常、仙蝶，文言。刊载埃及童话《金缕衣》，绿筠女史，文言。刊载历史小说《琼英别传》（三续），小蝶，文言。刊载写情小说《怪指环》（三续），小蝶，文言。刊载写情小说《他之小史》（四续），漱馨女士口述，天虚我生戏译，文言。

同日，《申报》"自由谈"之小说栏刊载家庭小说《嫣红劫》（续）常觉、小蝶合译，天虚我生润文，文言。刊载埃及野史之一《勃莱特外记》，珮筠女史，文言。刊载痴情小说《美女花》，小山、梅郎合译，文言。

同日，《时报》刊载警勉小说《救国储金》，俞勉庭，白话。

同日，《神州日报》"神皋杂俎"栏刊载中国侦探案小说《自由小榭》，兴业何诹著，文言，至本年 4 月 15 日。刊载社会小说《文明狮影》，羞鸣，文言，至本年 4 月 15 日。

同日，《新闻报》"快活林"刊载滑稽小说《荤粥》，秋庭，文言。刊载言情小说《并头莲》，江都李涵秋。刊载"《小说新报》第二期出版布告"。

11 日 《申报》"自由谈"之小说栏刊载家庭小说《嫣红劫》（续）常觉、小蝶合译，天虚我生润文，文言。刊载埃及野史之一《勃莱特外记》，珮筠女史，文言。

同日，《时报》刊载寓言小说《芙蓉城革命史》，章鉴，文言。

同日，《新闻报》"快活林"刊载滑稽短篇《矮子肚里疙瘩多》，东垫，文言。刊载言情小说《并头莲》，江都李涵秋。

12 日 《申报》"自由谈"之小说栏刊载家庭小说《嫣红劫》（续）常觉、小蝶合译，天虚我生润文，文言。刊载埃及野史之一《勃莱特外记》，珮筠女史，文言。刊载痴情小说《美女花》，小山、梅郎合译，文言。

同日，《时报》刊载寓言小说《芙蓉城革命史》，章鉴，文言。

同日，日《新闻报》"快活林"刊载滑稽短篇《保寿险》，翰芬女士，文言。刊载言情小说《并头莲》，江都李涵秋。

13 日 《申报》"自由谈"之小说栏刊载家庭小说《嫣红劫》（续）常觉、小蝶合译，天虚我生润文，文言。刊载痴情小说《美女花》，小山、梅郎合译，文言。

同日，《时报》刊载寓言短篇《马语》，志云，文言。

同日，《新闻报》"快活林"刊载滑稽小说《鲁智深再闹五台山》，觉庵，文言。刊载言情小说《并头莲》，江都李涵秋。

14 日 《申报》"自由谈"之小说栏刊载家庭小说《嫣红劫》（续）常觉、小蝶合译，天虚我生润文，文言。刊载埃及野史之一《勃莱特外记》，珮筠女史，文言。刊载痴情小说《美女花》，小山、梅郎合译，文言。

同日，《时报》刊载纪事小说《救国储金》，亚屏，文言。

同日，《新闻报》"快活林"刊载滑稽小说《鲁智深再闹五台山》，觉庵，文言。刊载言情小说《并头莲》，江都李涵秋。

15 日 《双星》第二期"小说"栏刊载寓言小说《帕语》，鹇鸰，文言。刊载苦情小说《情场奴吁》，小凤，文言。刊载志异小说《犬》，西神，文言。刊载哀情小说《小星替月》，西神，文言。刊载外交短篇《车中梦》，葛威廉原著，雄倡、鹇鸰同译，文言。刊载艳情小说《一曲为卿歌》，玄父，文言。刊载奇情小说《个侬日记》，玄父，文言。刊载纪事短篇《薄情郎》，绮缘，文言。刊载讽世小说《珠还记》，不才、树声合译，文言。刊载《玉楼梦史》，莅渔，文言。刊载《拾可敦阿奴事》（清秘史余录三）（续），指严，文言。刊载《牛女怨》，中泠，文言。刊载社会小说《尘海燃犀录》（续），仆本恨人，白话章回。"传奇"栏刊载《红楼梦散套》，荆石山民填词。

同日，《申报》"自由谈"之小说栏刊载家庭小说《嫣红劫》(续)常觉、小蝶合译，天虚我生润文，文言。刊载埃及野史之一《勃莱特外记》，珮筠女史，文言。

同日，《时报》刊载"商务印书馆新出版各种小说"广告："教育小说《苦儿流浪记》三册八角，历史小说《西班牙宫闱琐语》一册二角，历史小说《罗刹雌风》一册三角半，历史小说《蟹莲郡主传》二册九角，科学小说《洪荒鸟兽记》二册五角，侦探小说《假跛人》一册角半，侠义小说《义黑》一册二角，社会小说《侠女破奸记》一册二角半，以上各书文笔雅艳，事实新奇，均为小说中最有趣味之作。"刊载小说《余兴小说三篇》，佑民，此期录第一篇寓言小说《天笑》，文言。

同日，《新闻报》"快活林"刊载滑稽小说《枫桥巫》，恨人，文言。刊载言情小说《并头莲》，江都李涵秋。

16 日 《申报》"自由谈"之小说栏刊载家庭小说《嫣红劫》(续)常觉、小蝶合译，天虚我生润文，文言。刊载埃及野史之一《勃莱特外记》，珮筠女史，文言。

同日，《时报》刊载商务印书馆"有益之消遣"广告，内含说部丛书、林译小说、小本小说、新撰新译小说、旧小说、说林等。刊载滑稽小说《蕉心》，佑民，文言。

同日，《神州日报》"神皋杂俎"栏刊载中国侦探案小说《自由小榭》，兴业何诹著，文言。刊载滑稽小说《家庭教育》，羞鸣戏著，文言。——1915 年 4 月 23 日《神州日报》"神皋杂俎"栏刊载中国侦探案小说《自由小榭》，兴业何诹著，文言。刊载滑稽小说《家庭教育》，羞鸣戏著，文言。

同日，《新闻报》"快活林"刊载爱国小说《相依为命》，瞻庐，文言。刊载言情小说《并头莲》，江都李涵秋。

17 日 《礼拜六》第四十六期刊载国民小说《国与家》，小青译，文言。刊载言情小说《鬼之情人》，瘦鹃，文言。刊载哲理的言情小说《昙花》(希腊神话之一)，小草，文言。刊载战争小说《裸英雄》，黑子，文言。刊载奇情小说《痴心男子》，允倩，文言。刊载短篇小说《弱国余生记》，剑侠，文言。刊载诙谐小说《吾妻之彩》，幼新，白话。刊载《望帝魂归蜀道难》（续），梅郎，文言。刊载国际秘密侦探小说《秘密之府》（William Le Queux），太常仙蝶译，文言。

同日，《申报》"自由谈"之小说栏刊载家庭小说《嫣红劫》（续）常觉、小蝶合译，天虚我生润文，文言。刊载短篇小说《滑稽审判官》，曙峰译，文言。

同日，《时报》刊载实业小说《新树》，佑民，文言。

同日，《新闻报》"快活林"刊载滑稽小说《嘉禾章》，侠隐，文言。刊载言情小说《并头莲》，江都李涵秋。

18 日　《申报》"自由谈"之小说栏刊载家庭小说《嫣红劫》（续）常觉、小蝶合译，天虚我生润文，文言。刊载埃及野史之一《勃莱特外记》，珮筠女史，文言。刊载痴情小说《美女花》，小山、梅郎合译，文言。

同日，《时报》刊载寓言小说《老人话》，陶氏杞忧，白话。

同日，《新闻报》"快活林"刊载滑稽小说《美人之误会》，花奴，文言。刊载言情小说《并头莲》，江都李涵秋。

19 日　《申报》"自由谈"之小说栏刊载家庭小说《嫣红劫》（续）常觉、小蝶合译，天虚我生润文，文言。刊载埃及野史之一《勃莱特外记》，珮筠女史，文言。刊载痴情小说《美女花》，小山、梅郎合译，文言。

同日，《新闻报》"快活林"刊载爱国短篇《救国储金》，王受丹，白话。刊载言情小说《并头莲》，江都李涵秋。

20 日　《大中华》第一卷第四期刊载《石麟移月记》（续），英国马格内原著，闽县林纾笔述，静海陈家麟译意，文言。

同日，《申报》"自由谈"之小说栏刊载家庭小说《嫣红劫》（续）常觉、小蝶合译，天虚我生润文，文言。刊载痴情小说《美女花》，小山、梅郎合译，文言。

同日，《时报》刊载“民权素第五集出版；天僇生遗著《恨海鹃声谱》出版，定价大洋二角；秋心译《葡萄劫》上下卷；警梦痴仙著《续海上繁华梦》出版预告”广告。

同日，《新闻报》“快活林”刊载滑稽短篇《猜猜储蓄票头奖号码》，大观，文言。刊载言情小说《并头莲》，江都李涵秋。

21 日 《申报》“自由谈”之小说栏刊载家庭小说《嫣红劫》(续)常觉、小蝶合译，天虚我生润文，文言。刊载痴情小说《美女花》，小山、梅郎合译，文言。刊载滑稽小说《炸弹》，息游，文言。

同日，《时报》刊载亡国小说《遗民泣血录》，汪恸尘，文言。

同日，《新闻报》“快活林”刊载滑稽短篇《蛋》，懒痴，文言。刊载言情小说《并头莲》，江都李涵秋。

22 日 《申报》“自由谈”之小说栏刊载家庭小说《嫣红劫》(续)常觉、小蝶合译，天虚我生润文，文言。刊载埃及野史之一《勃莱特外记》，珮筠女史，文言。刊载“《小说新报》第二期出版布告”。

同日，《时报》刊载亡国小说《遗民泣血录》，汪恸尘，文言。刊载寓意小说《一夜之官》，今醉，文言。

同日，《新闻报》“快活林”刊载滑稽短篇《储蓄票之误会》，恨公，文言。刊载言情小说《并头莲》，江都李涵秋。

23 日 《申报》“自由谈”之小说栏刊载家庭小说《嫣红劫》(续)常觉、小蝶合译，天虚我生润文，文言。刊载埃及野史之一《勃莱特外记》，珮筠女史，文言。刊载“空前之伟著历史小说《清史演义》”广告：“一百回五十万言，共二十册分装五集，每集八角六折出售。本书出版仅二年，行销达万部(初集二集六版，三集四集五版)，经外国文豪重译海外，风行异邦(日人日下峰莲译成和文，登载台湾日日新报)，价值之巨，新小说中堪称首屈一指，第五集现已出书。●欲知清朝开国方略者不可不看●欲知清政治乱源流者不可不看●欲知清宫秘闻逸事者不可不看●欲知康雍乾三帝雄略者不可不看●欲知中外通商始末者不可不看●欲知内监弄权奸臣误国者不可不看●欲只中法中日战争详情者不可不看●欲知清代内乱缘由者不可不看●欲知中兴功臣战绩者不可不看●欲知袁总统少年历史这不可不看。总发行所上海四马路时务书馆，分发行所本外埠各大书坊。"刊载"侦探小说《香烟奇案》"广告："每册二角，批发从廉，寄售处民权出版部及各大书坊。"

同日，《时报》刊载亡国小说《遗民泣血录》，汪劼尘，文言。刊载小说《床前之辱》，严悲观，文言。

同日，《新闻报》"快活林"刊载滑稽短篇《师太和尚之投稿》，瘦蝶，文言。刊载言情小说《并头莲》，江都李涵秋。

24 日 《礼拜六》第四十七期刊载复仇小说《黑别墅之主人》，英国科南达利原著，瘦鹃译，文言。刊载侠情小说《情海鸳鸯》，级兰、天白合著，文言。苦情小说《君亦吸枝雪茄否》，剑啸，白话。刊载滑稽小说《马》，野民，文言。刊载警世小说《二小姐》，锈铁，文言。刊载惨情小说《玉蟾惨史》，恨人，文言。刊载《望帝魂归蜀道难》（续），梅郎，文言。刊载国际秘密侦探小说《秘密之府》Wiuam le Qoeux 原著，太常仙蝶译，文言。

同日，《申报》"自由谈"之小说栏刊载家庭小说《嫣红劫》（续）常觉、小蝶合译，天虚我生润文，文言。刊载埃及野史之一《勃莱特外记》，珮筠女史，文言。刊载痴情小说《美女花》，小山、梅郎合译，文言。

同日，《时报》刊载"征求小说稿"："本局现拟征集各种小说，无论自译自著，如承以稿见赐者，一经选录，自当酌奉薄酬，译稿自一元至二元，撰稿自一元至三元，以达雅意，惟以未登他家杂志及各处日报中者为限，来件请寄江苏无锡县北门内无锡书局收，来稿不录欲寄还者请附邮费八分，此启。"刊载商务印书馆"《古今说部丛书》预约只有七天，购者从速"广告。刊载社会小说《化子一席谈》，爱菊轩主谢叔端，白话。

同日，《神州日报》"神皋杂俎"栏刊载中国侦探案小说《自由小榭》，兴业何诹著，文言。刊载幻情小说《白鸽缘》，羞鸣，文言。

同日,《新闻报》"快活林"刊载短篇小说《官国》,一民,文言。刊载言情小说《并头莲》,江都李涵秋。

25 日 《小说月报》第六卷第四号刊载商务印书馆发行《绿波传》、新译《娜兰小传》广告,内容绍介同前。刊载吴翊亭《旧小说》广告,内容绍介同前。"短篇小说"栏刊载《曾文正沈文肃轶事》,迦持,文言;刊载《游》,守如,文言;刊载《常熟三女》,夫椒啸墅山樵遗著,文言;刊载《红袖黄衫》,竞夫,文言;刊载《奇货可居》,蜷庐原稿,铁樵润辞,文言;刊载《千子鞭》,奕痴,文言;刊载《旅馆奇闻》马首西康顿原著,幼新,文言;刊载《红巾始末记》,秋隐,文言;刊载《金窟》,孟宪承,文言;刊载《英伦燃犀录》(第二),文言。刊载"商务印书馆出版"广告:"《说部丛书》一百三十册,零售四十余元,全部二十元。《林译小说》五十种九十七册,零售三十七元余,全部十六元。《小本小说》一百数十种,每册一角至二角,定价至廉,趣味渊深,携带便利。《新撰新译小说》二百余种,各类俱有,引人入胜,文言白话,兼擅其长。《旧小说》六集二十册,全部定价六元,上溯汉魏,下迄清末,荟萃精华,共千余种。《说林》已出十四集,每集二角。""长篇小说"栏刊载《西学东渐记》容纯甫先生自叙,凤石译述,铁樵校订,文言;刊载《鹣鲽姻缘三集》,泖东一蟹,此期刊载第八十四回 得暗助时肩中孝廉 降明谕三秀生贵子,第八十五回 产宁馨册立汉福晋 见尤物目送豫王妃,第八十六回 刘福晋结太后欢心 钱主事受岳母荫福,第八十七回 钱主事告假还乡 刘珍姑入都见母,第八十八回 京中买宅母女重逢 梦里还家夫妻复会,第八十九回 刘三秀遣人寻旧墓 钱时肩择地筑空坟,第九十回 了姻缘总结通盘账 借题目狂吟一首诗;刊载《银盝夺艳》,法国 Hoffmant 原著,廖旭人,文言。"文苑"栏刊载《演义丛书序》,孙毓修,其文曰:"刘歆辑略云:小说家者流,盖出于稗官,街谈巷语,道听途说者之所造也。既云街谈巷语,道听途说者之所造,必辞语浅,凡妇稚都解,可知刘氏著录之本,竹素湮没无闻,于后体裁若何既不可云。近世目录多祖刘氏,观其所列小说,则山经穆传无不钞纳,今人见之,几惊为高文典册，奇书秘函，去之惟恐不速，又安得人人见而悦之，刘氏之说不其诡欤？不佞谓刘氏之说可信而不见谅于后人者，古今文字不同之所致也，文言与口说，秦汉之间，谅无二致，如左氏以齐语入传，扬雄以方言诂雅，固知五经六艺八索九邱不过当时之谣俗，其理即非街谈巷语者之所能尽知，其文则为街谈巷议语中之所常用也。好事者采及闾里琐事及不经见之谈，勒之简帛。孔子曰，虽小道必有可观者焉。故以小说名其篇云。魏晋以来，世历绵邈，言语文字，随名物制度而变迁者何限，小说以和易通俗使人乐观为要，若托辞高古，述旨奥衍，必学士而知其趣，笺注而通其情，则与刍荛狂夫之旨刺谬矣。(刘歆论小说曰如或一言可采此，亦刍荛狂夫之议也)南宋之时，有识此意者，取当时文言一致之调，撰成说部，名曰平话，亦称演义，其书既出，流行广远，如水泻地，无微不入，六经以外，惟此不祧，虽有汉唐小说行家者，不如演义小说入人之深矣。若是者何也，为其妇稚都解而顺乎人情故也。以文学言散文之有演义，犹韵语之有院本，附庸之部蔚为大邦，江河万古，岂得废之。南宋至今，世历八百，文言之迁流，未大甚也。故仿罗贯中施耐庵之体而作者，如响之斯应，士大夫莫不欲因文以见道，箸书以垂后。然标经史以论俗，虽善弗从，则惟演义小说，微词托讽，劝一警百，亦一命之士，报国之秋也。""笔记"栏刊载《慧因室杂缀》，守如；刊载《小说丛考第三集卷二》，泖东一蟹，此期刊载《儒林外史考》《十五贯院本考》。刊载《本社函件最录》，此期刊载《答刘幼新论言情小说书》，铁樵，其文曰："幼新先生台鉴，顷复竞夫先生一函才发，惠书适来。尊论真搔著痒处。爱情小说所以不为识者所欢迎，因出版太多，陈陈相因，遂无足观也，去年敝报中几于屏弃不用，即是此意。然即而案之，毕竟何以以至美之情言而取厌于人，其故当别有在。盖吾侪识阈中之情决不因看几篇小说遂荡涤无余也，则其病在译此等小说多用风云月露花鸟绮罗等字样，须知此种字样有时而穷。试取清乾嘉时骈文大家如北江瓯北诸集为精密之分析，其所引典故亦不过洋装两厚册，而止今之小说层出不穷，即尽以两厚册所有装置胸中，以有涯应无涯，犹且涸可立待，何况僻典非小说所宜，雅言不能状琐屑事物，宜乎换汤不换药，如一桶水倾入一桶水，而读者欲睡也。藉曰，不然，何以外国小说言情者且日出不已，仅言欧美现时所有，一年何止千万种，而彼邦人士欢迎自若，著者号称言情小说家自若耶？此无他，以意胜耳。文章惟意胜者无穷，盖事变万有，意象亦万有，譬诸科学无论声光电化必蕴有极深邃之理，供认探索，然后其学成立，决非以数千百个科学名词颠来倒去可以言学。言情小说，心理学之一部耳，今不言其理，徒讲藻饰，此与搬弄新名词者何异。宜其味同嚼蜡也。再譬诸吾国之诗，诗之自为者曰陶写性灵，为人者曰微言婉讽，境界最高者曰陶曰杜，然都不尚词藻，试取彭泽少陵两集寻其浓妆艳抹之句不可得。犹忆杜集中有'狐狸眠石竹，鹦鹉啄金桃'二语，为全集最艳之词，然亦不过用以自娱，偶一为之，非谓必如此始为文也，若李义山虽有艳体之名，然彼乃取香草美人之旨以自托于刺讥，后世乃有香奁体之名词，奉义山为不祧之祖，其格律弥卑，通人不许，则词胜究不如意胜也。今奈何治小说而专趋此一途乎？至泚沘不鲜，为世诟病，遂归咎于言情小说。言情小说岂任咎哉？尝戏谓中国善学，西洋人所有者吾无不有，且变迁较速，小说亦然，或谓西洋所谓小说即文学，于是以骈体当之，虽不能真骈，亦必多买胭脂，盖以为如此庶几文学也，而不知相去弥远，推而论之，苟去年复古竟达目的，则科举必复，科举复而科学之佩文韵府可以出版矣。非不知骈文为中国文学上之一部份国粹，然断不可施之小说，人各有能有不能，吾侪虽不必强作解人，正不必以此自少，且此后语言文字以及形上形下之科学，待治者正繁。人生脑力有限，何必不急是务。吾有意思而欲达之以笔，古文洵不可不治，固不必小说为然。（散文中亦有必须骈句之处，即报纸文字亦必须四六之处，然皆藉以达婉曲之意，必非堆砌涂抹之谓。）若夫词章之专以雕琢为工，而连篇累牍无甚命意者，吾敢昌言曰，就适者生存之公例，言之必归淘汰，且淘汰而后于中国文学上四号无损，吾知天下人将无以难吾言也。足下于中西文俱有根底，自具世界眼光，当无俟鄙人喋喋，惟吾欲为言情小说辨护，遂不自知其刺刺不休，其莞尔笑之，抑更进而有以教之耶?"刊载"中华民国四年三月商务印书馆出版新书"广告，内有小本小说《香囊记》一册一角，小本小说《海外拾遗》一册一角五分，小本小说《昙花梦》一册一角，小本小说《青藜影》一册一角，《小说月报》六卷二号二角五分。刊载本社通告，为征稿启事，同前。

同日，《中华学生界》第一卷第四期刊载家庭小说《青年时代之花》，译 Porf. Stephens 原著，半侬，文言；医学小说《病菌大会议》，天笑生，白话。

同日，《申报》"自由谈"之小说栏刊载家庭小说《嫣红劫》(续)常觉、小蝶合译，天虚我生润文，文言。刊载埃及野史之一《勃莱特外记》，珮筠女史，文言。

同日，《时报》刊载亡国小说《遗民泣血录》，汪恸尘，文言。

同日，《神州日报》"神皋杂俎"栏刊载中国侦探案小说《自由小榭》，兴业何诹著，文言。刊载幻情小说《白鸽缘》，羞鸣，文言。

同日，《新闻报》"快活林"刊载滑稽小说《储蓄票开彩》，独鹤，白话。刊载言情小说《并头莲》，江都李涵秋。

26 日 《申报》"自由谈"之小说栏刊载家庭小说《嫣红劫》(续)常觉、小蝶合译，天虚我生润文，文言。刊载埃及野史之一《勃莱特外记》，珮筠女史，文言。刊载痴情小说《美女花》，小山、梅郎合译，文言。

同日，《神州日报》"神皋杂俎"栏刊载中国侦探案小说《自由小榭》，兴业何诹著，文言。刊载幻情小说《白鸽缘》，羞鸣，文言。

同日，《新闻报》"快活林"刊载滑稽小说《储蓄票开彩》，独鹤，白话。刊载言情小说《并头莲》，江都李涵秋。

27 日 《申报》"自由谈"之小说栏刊载家庭小说《嫣红劫》(续)常觉、小蝶合译，天虚我生润文，文言。刊载痴情小说《美女花》，小山、梅郎合译，文言。

同日，《神州日报》"神皋杂俎"栏刊载幻情小说《白鸽缘》，羞鸣，文言。

同日，《新闻报》"快活林"刊载滑稽小说《财神拆烂污》，侠隐，白话。刊载言情小说《并头莲》，江都李涵秋。

28 日 《申报》"自由谈"之小说栏刊载家庭小说《嫣红劫》(续)常觉、小蝶合译，天虚我生润文，文言。刊载埃及野史之一《勃莱特外记》，珮筠女史，文言。刊载痴情小说《美女花》，小山、梅郎合译，文言。

同日，《神州日报》"神皋杂俎"栏刊载中国侦探案小说《自由小榭》，兴业何诹著，文言。

同日，《新闻报》"快活林"刊载滑稽短篇《发财梦》，瘦蝶，白话。刊载言情小说《并头莲》，江都李涵秋。

29 日 《申报》"自由谈"之小说栏刊载家庭小说《嫣红劫》(续)常觉、小蝶合译，天虚我生润文，文言。刊载埃及野史之一《勃莱特外记》，珮筠女史，文言。刊载痴情小说《美女花》，小山、梅郎合译，文言。

同日，《时报》刊载寓言小说《二童论日》，枕流子，文言。

同日，《神州日报》"神皋杂俎"栏刊载实事短篇《指婚》，佳石，文言。

同日，《新闻报》"快活林"刊载滑稽短篇《二索报效》，天鹤，文言。刊载言情小说《并头莲》，江都李涵秋。

30 日 《小说丛报》第十期"短篇小说"栏刊载劄记小说《养疴客谈》，虞山钱蒙叟遗著，文言；传记小说《神女》，枕亚，文言；红羊侠闻补二《双鱼佩》，仪鄹，文言；言情小说《瞧着庞儿第一遭》(剑魂原稿)，冷蝶，文言；侠义小说《慧姑》，悔初生稿，仪鄹润词，文言；言情小说《红叶无心却自媒》，式稦译，文言；义侠小说《十八村》，绂章，文言；奇情小说《再无一个是男儿》，楚声、铁冷，文言；挚情小说《彩云来》，韵清女史，文言；诙奇小说《奇丐》，病骸，文言。"长篇小说"栏刊载"《雪鸿泪史》出版预告"及"《雪鸿泪史》征求序跋及题词"广告。

刊载历史小说《胜水残山录》（续），海虞嵇氏遗著，后裔逸如重编，白话，分章，有回目；别体小说《雪鸿泪史》（何梦霞日记），古吴徐枕亚评校，文言；理想小说《世界文明之悲观》（续），东讷译，文言；言情小说《爱情之兑换券》，水心译，文言；俄国虚无党仇杀案《黑漆之门》（英国惠廉奎克士原著），倪灏森译，文言。刊载"空前之名著《红羊佚闻》再版通告"。刊载枕亚著哀情小说《余之妻》广告。刊载谐译《西方朔》广告："近来中国诙谐之作非抄袭旧著即肆口恶谑，求其用意精巧耐人寻味者，殆不数觏，诚以谐谈隽语贵触机拈得，非可强求。英国《笑报》创办已五十余年，特悬重金征集谐著，每页四分之一收稿费需二十元，则材料之宝贵，当可想见，且可于此书中窥见欧美之风俗及其人情之趋向，今择其最近之本，请水心、东讷二君译成数千则，约十万余言，刊以行世，水心固长于西文，而东讷君文笔之简老，亦久为阅者所共谅，诸君欲开笑口，请拭目以待。"刊载"艳情小说《野草花》现已出版"广告："是书为法国名家 Guy de Teramoud 所著，原名 L'Etreinte dangereuse，情节艳丽，媲《红楼梦》《西厢记》诸书，过无不及。近来译本小说汗牛充栋，原本多出自英文，或为法人原著，由英文转译者，若直接自法文译出之作，殆寥如晨星，而法人文笔之雅丽，驾英人而上之，久为世界所推许，则是书之出，可为小说界放一异彩，亦可为作艳情小说者作一圭臬，其价值之高，殆可想见。本社特请震旦公学毕业之文科学士竹溪乐天生演译出之，复由铁冷君为之笔述，乐天生固邃于法文，铁冷君文笔之艳丽亦久为社会所共知，欲饱眼福者的，当鼓掌欢迎也，现已出版，定价三角。"刊载"本社特别征文"广告："（一）长篇小说 字数在五万以上十万以下，译稿不收，海内文士有愿以抄著惠本社者，请先寄稿本社，由本社酌定酬金，得著者允许，再订合同，不合之稿于一星期内寄还。……"

同日，《申报》"自由谈"之小说栏刊载家庭小说《嫣红劫》（续）常觉、小蝶合译，天虚我生润文，文言。刊载哀情小说《劫后花》（一）（十四龄女子陈翠娜），文言。刊载痴情小说《美女花》，小山、梅郎合译，文言。

同日，《神州日报》"神皋杂俎"栏刊载中国侦探案小说《自由小榭》，兴业何诹著，文言。

同日，《新闻报》"快活林"刊载滑稽小说《官与救国储金》，剑秋，文言。刊载言情小说《并头莲》，江都李涵秋。

发生于本月但日期不详之事件

《滑稽时报》"说林"栏刊载《侠女》，剑平，文言；刊载《秋梧阁传》，剑魂，文言；刊载《双缢记》，苕溪子，文言；刊载《一带缘》，叔藏，文言；刊载《罗马英雄设散之行传》，叔藏，文言；刊载《情天补恨》，荫吾，文言；刊载《倒乱千秋》，无知少年，白话章回。《滑稽时报》为上海《时报》副刊，1911 年 2 月 28 日创刊，随报附送，不取分文。内容以消闲文字为主，也登载通俗小说。后按月编辑，每月 1 期。

《中华妇女界》第一卷第四期刊载短篇小说《赠书女》，天笑、毅汉译，文言；成功小说《百褶裙》，瓶庵，文言。

05 月

01 日　《礼拜六》第四十八期刊载军人小说《小鼓手施拉顿传》，瘦鹃译，文言。刊载寓言小说《狮皇生辰》，德国拉英施原著，小草，文言。刊载政治小说《一百八十七号》，阆仙，文言。刊载短篇小说《回头是岸》，幻影女士，文言。刊载写形小说《假慈悲》，藜青，文言。刊载社会小说《自由女乎？龌龊儿乎？》，笑梅，文言。刊载滑稽短篇《唉……原来是梦》，兰痴胡子瘦，文言。刊载冒险小说《海中人》，法国威尔奴著，悾悾译，文言。刊载国际秘密侦探小说《秘密之府》Wiuam le Qoeux 原著，太常仙蝶译，文言。

同日，《小说海》第一卷第五号刊载商务印书馆出版《小本小说》广告，所列书目有《美洲童子万里寻亲记》《金银岛》《白巾人》等。"短篇"栏刊载《恨海新潮》，却尔斯佳维原著，竞夫，白话；《梦中梦》，梅瘿，文言；《卑田院客》法国 Marcel Prevost 著，半侬，白话；《偷声案》，玄父，文言；《红溪》，浪子，文言；《团花枪》，指严，文言；《阁臣失踪记》，幼新，文言；《念秧新语》，阮凤人、赵兰石，文言。"长篇"栏刊载《碧血鸳鸯》，英国蔡尔斯掰弗师著，沈焜、印剑鸣，文言；《黑籍魂》，待飞生，白话章回。刊载《美人唇》《奇瓶案》广告。

同日，《中华小说界》第二卷第五期"短篇"栏刊载外交小说《烛影当窗》，英国文豪柯南达里著，半侬，白话；爱国小说《小子志之》，江白痕，文言；复仇小说《吕二孃》，瞻庐，文言；历史小说《法兰西之花》，常觉、小蝶，文言；哀情小说《悯彼孤子》，半侬，文言。"长篇"栏刊载哀情小说《归梦》，湘影，白话；家庭小说《帐中说法》，瓣侬，白话；言情小说《情哲》，冬青荜公、瓶庵，文言。"来稿俱乐部"栏刊载《土地神》，果岑，文言；《赛会之真相》，巨虚，文言；《捕熊谈》，亚东一郎，文言。

同日，《申报》"自由谈"之小说栏刊载家庭小说《嫣红劫》（续）常觉、小蝶合译，天虚我生润文，文言。刊载哀情小说《劫后花》（二）（十四龄女子陈翠娜），文言。

同日，《时报》刊载幻梦小说《救国储金之客观》，惜民，文言。

同日，《神州日报》"神皋杂俎"栏刊载实事短篇《指婚》，佳石，文言。

同日，《新闻报》"快活林"刊载滑稽小说《赵玄坛倒霉》，狮儿，白话。刊载言情小说《并头莲》，江都李涵秋。

02 日 《申报》"自由谈"之小说栏刊载家庭小说《嫣红劫》（续）常觉、小蝶合译，天虚我生润文，文言。刊载哀情小说《劫后花》（三）（十四龄女子陈翠娜），文言。

同日，《时报》刊载记事小说《爱国童子》，镜侠，白话。

同日，《神州日报》"神皋杂俎"栏刊载中国侦探案小说《自由小榭》，兴业何诹著，文言。

同日，《新闻报》"快活林"刊载寓言短篇《新拆字》，天放，文言。刊载言情小说《并头莲》，江都李涵秋。刊载"空前之伟著历史小说《清史演义》一百五十万言，共二十册，分装五集，每集八角六折出售，总发行所时务书馆"。

03 日　《申报》"自由谈"之小说栏刊载家庭小说《嫣红劫》（续）常觉、小蝶合译，天虚我生润文，文言。刊载哀情小说《劫后花》（四）（十四龄女子陈翠娜），文言。

同日，《时报》刊载记事小说《爱国童子》，镜侠，白话。

同日，《神州日报》"神皋杂俎"栏刊载小说《怪美人》，何诹笔述，老谈润文，文言。

同日，《新闻报》"快活林"刊载小说《酒仙大会议》，疑猿，白话。刊载言情小说《并头莲》，江都李涵秋。

04 日　《申报》"自由谈"之小说栏刊载家庭小说《嫣红劫》（续）常觉、小蝶合译，天虚我生润文，文言。刊载哀情小说《劫后花》（五）（十四龄女子陈翠娜），文言。刊载痴情小说《美女花》，小山、梅郎合译，文言。

同日，《时报》刊载记事小说《爱国童子》，镜侠，白话。

同日，《神州日报》"神皋杂俎"栏刊载中国侦探案小说《自由小榭》，兴业何诹著，文言。

同日，《新闻报》"快活林"刊载滑稽小说《神鬼大跑马》（外国口夹二先生著），（半依译），白话。刊载言情小说《并头莲》，江都李涵秋。

05 日　《妇女杂志》第一卷第五号"名著"栏刊载《女世说》，昭阳李清映碧辑。"小说"栏刊载《塞垣花泪》，鹓鸰，文言；《呜呼毒蛇》，叶中冷，文言；《德皇之侦探》（一名《侦探之侦探》），英国 William Le Quenx 原著，韵唐，白话。

同日，《申报》"自由谈"之小说栏刊载家庭小说《嫣红劫》（续）常

觉、小蝶合译，天虚我生润文，文言。刊载哀情小说《劫后花》(六)(十四龄女子陈翠娜)，文言。刊载滑稽小说《亏得刘师培》，觉迷，文言。

同日，《神州日报》"神皋杂俎"栏刊载小说《怪美人》，英国巴尔沙克黎原著，何诹笔述，何海澄口译，老谈润文，文言。

同日，《新闻报》"快活林"刊载滑稽小说《神鬼大跑马》，□夹二先生著)，(半侬译)，白话。刊载言情小说《并头莲》，江都李涵秋。

06 日 《申报》"自由谈"之小说栏刊载家庭小说《嫣红劫》(续)常觉、小蝶合译，天虚我生润文，文言。刊载哀情小说《劫后花》(七)(十四龄女子陈翠娜)，文言。

同日，《神州日报》"神皋杂俎"栏刊载中国侦探案小说《自由小榭》，兴业何诹著，文言。

同日，《新闻报》"快活林"刊载滑稽小说《神鬼大跑马》，□夹二先生著)，(半侬译)，白话。刊载言情小说《并头莲》，江都李涵秋。

07 日 《申报》"自由谈"之小说栏刊载家庭小说《嫣红劫》(续)常觉、小蝶合译，天虚我生润文，文言。刊载哀情小说《劫后花》(八)(十四龄女子陈翠娜)，文言。刊载痴情小说《美女花》，小山、梅郎合译，文言。

同日，《神州日报》"神皋杂俎"栏刊载小说《怪美人》，英国巴尔沙克黎原著，何诹笔述，何海澄口译，老谈润文，文言。

同日，《新闻报》"快活林"刊载滑稽小说《神鬼大跑马》，□夹二先生著)，(半侬译)，白话。刊载言情小说《并头莲》，江都李涵秋。

08 日 《礼拜六》第四十九期刊载爱情小说《国旗》，英国葛雷顿著，松笠，文言。刊载军人小说《真是男儿》，瘦鹃译，文言。刊载滑稽小说《谁之子》，行乐，文言。刊载敌忾小说《铁血鸳鸯》，屏周瘦鹃，文言。刊载神怪小说《魔剑》，文言。刊载滑稽小说《一赤足》，醉农，文言。刊载讽世小说《侏儒》，直民，文言。刊载冒险小说《海中人》(续)，法国威尔奴著，悾悾译，文言。刊载国际秘密侦探小说《秘密之府》(续)Wiuam le Qoeux 原著，太常仙蝶译，文言。

同日，《申报》"自由谈"之小说栏刊载哀情小说《劫后花》（九）（十四龄女子陈翠娜），文言。刊载痴情小说《美女花》，小山、梅郎合译，文言。

同日，《神州日报》"神皋杂俎"栏刊载中国侦探案小说《自由小榭》，兴业何诹著，文言。

同日，《新闻报》"快活林"刊载滑稽小说《神鬼大跑马》，□夹二先生著），（半侬译），白话。刊载言情小说《并头莲》，江都李涵秋。

09 日　《申报》"自由谈"之小说栏刊载家庭小说《嫣红劫》（续）常觉、小蝶合译，天虚我生润文，文言。刊载哀情小说《劫后花》（十）（十四龄女子陈翠娜），文言。刊载痴情小说《美女花》，小山、梅郎合译，文言。

同日，《时报》刊载滑稽小说《财帛星君大发雷霆》，乌镇朱亚狂，文言。

同日，《神州日报》"神皋杂俎"栏刊载小说《怪美人》，英国巴尔沙克黎原著，何诹笔述，何海澄口译，老谈润文，文言。

同日，《新闻报》"快活林"刊载滑稽小说《财神太太之魔力》，侠隐，白话。刊载言情小说《并头莲》，江都李涵秋。

10 日　《东方杂志》第十二卷第五号刊载《薄倖女》（一名《恶侦探》，英国梅女士著），作霖，文言；历史小说《绛带记》，法国大仲马原著，不许转载，天游，白话；《五十故事》之《斯巴达之三百人》，东吴旧孙，文言。

同日，《女子世界》第五期"说部"栏刊载爱国小说《爱子与爱国》，屏周、瘦鹃，文言。刊载忏情小说《世界尽处》，英国 BeatrieeGrimshaw 女士著，瘦鹃译，白话。刊载爱国小说《石美人》，太常、仙蝶，文言。刊载历史小说《琼英别传》（四续），小蝶，文言。刊载写情小说《怪指环》，小蝶，文言。刊载滑稽言情短篇《琴师茄学》，醉灵，白话。刊载写情小说《他之小史》（四续），漱馨女士口述，天虚我生戏译，文言。

同日，《申报》"自由谈"之小说栏刊载家庭小说《嫣红劫》（续）常

觉、小蝶合译，天虚我生润文，文言。刊载哀情小说《劫后花》(十一)(十四龄女子陈翠娜)，文言。刊载痴情小说《美女花》，小山、梅郎合译，文言。

同日，《神州日报》"神皋杂俎"栏刊载中国侦探案小说《自由小榭》，兴业何诹著，文言。

同日，《新闻报》"快活林"刊载滑稽小说《今之鲁男》，律西，文言。刊载言情小说《并头莲》，江都李涵秋。

11 日　《申报》"自由谈"之小说栏刊载家庭小说《嫣红劫》(续)常觉、小蝶合译，天虚我生润文，文言。刊载哀情小说《劫后花》(十二)(十四龄女子陈翠娜)，文言。刊载痴情小说《美女花》，小山、梅郎合译，文言。

同日，《时报》刊载滑稽小说《太阳生日》，章鉴，白话。

同日，《神州日报》"神皋杂俎"栏刊载小说《怪美人》，英国巴尔沙克黎原著，何诹笔述，何海澄口译，老谈润文，文言。

同日，《新闻报》"快活林"刊载爱国小说《救国女郎》，阿藕，文言。刊载言情小说《并头莲》，江都李涵秋。

12 日　《申报》"自由谈"之小说栏刊载家庭小说《嫣红劫》(续)常觉、小蝶合译，天虚我生润文，文言。刊载哀情小说《劫后花》(十三)(十四龄女子陈翠娜)，文言。刊载痴情小说《美女花》，小山、梅郎合译，文言。

同日，《时报》刊载"空前之杰作历史小说《清史演义》"广告："一百回五十万言，共二十册，分装五集，本书出版仅二年，销达万部，(初集二集六版，三集四集五版)，经外国文豪重译，海外风行异邦(日人日下峰莲译成和文登载台湾日日新报)价值之巨，新小说中堪称首屈一指，第五集现已出书。……每集八角，六折出售。总发行所上海四马路中时务书馆，分发行所本埠外埠各大书坊。"

同日，《神州日报》"神皋杂俎"栏刊载中国侦探案小说《自由小榭》，兴业何诹著，文言。

同日，《新闻报》"快活林"之"小说"栏刊载滑稽短篇《鼻苓盒》，天仹，文言。刊载言情小说《并头莲》，江都李涵秋。"演义"栏刊载《三韩亡国史演义》，闲闲，白话。刊载国光书局发行金圣叹《贯华堂才子书汇稿》广告。

13 日　《申报》"自由谈"之小说栏刊载家庭小说《嫣红劫》（续）常觉、小蝶合译，天虚我生润文，文言。刊载侦探小说《我子之一》，原名 ONE OF MY SONS，东堃译，白话。刊载滑稽短篇《玉美人》，醒谢，白话。

同日，《神州日报》"神皋杂俎"栏刊载小说《怪美人》，英国巴尔沙克黎原著，何诹笔述，何海澄口译，老谈润文，文言。

同日，《新闻报》"快活林"刊载寓言小说《喧宾夺主》，陆士谔，文言。刊载言情小说《并头莲》，江都李涵秋。

14 日　《申报》"自由谈"之小说栏刊载家庭小说《嫣红劫》（续）常觉、小蝶合译，天虚我生润文，文言。刊载侦探小说《我子之一》，原名 ONE OF MY SONS，东堃译，白话。刊载滑稽短篇《玉美人》，醒谢，白话。

同日，《时报》刊载"精刊大字本《世说新语》"广告，广益书局发行。

同日，《神州日报》"神皋杂俎"栏刊载中国侦探案小说《自由小榭》，兴业何诹著，文言。

同日，《新闻报》"快活林"刊载寓言小说《喧宾夺主》，陆士谔，文言。刊载言情小说《并头莲》，江都李涵秋。

15 日　《礼拜六》第五十期刊载爱国小说《情人欤祖国欤》，瘦鹃译，白话。刊载滑稽小说《非正式之欢迎》，东堃译，文言。刊载警世小说《你去罢》，阿蒙，白话。刊载哀情小说《怨耦》，马二先生，文言。刊载家庭小说《此之谓慈母欤》，剑啸、梅郎合译，文言。刊载寓言小说《骆驼与主人》，静叔，文言。刊载游戏小说《他生之他》，天白，文言。刊载理想短篇《烟卷军舰》，志云，白话。刊载冒险小说《海中人》

（再续），法国威尔奴著，悾悾译，文言。刊载福尔摩斯最新探案《恐怖窟》（续四十四期），科南达里原著，常觉、小蝶合译，文言。刊载国际秘密侦探小说《秘密之府》（续）Wiuam le Qoeux 原著，太常仙蝶译，文言。

同日，《民权素》第六集刊载"秋心译《葡萄劫》上卷五角，下卷六角"广告。刊载"《秋心说部》第一集"广告："陆秋心先生以蕴藉风流之笔，写缠绵悱恻之文，译欧美名大家说部，故能曲尽其致，而又恰合我国文人审美好音各种心理，曩主《民呼》《民吁》《民立》三报时，其所著作久为社会欢迎。盖其言外有物，实足以输灌知识，导引思想，读者受其转移于不自觉，固不仅作小说观也。比年以来译撰小说者日出不穷，然欲如秋心所著，斐然成文章有益于社会者，殊未多觏。兹请诸先生汇其宿构曰《刺虎盟鸳记》曰《铁血红丝》曰《蛛丝怨》曰《兰因》四种，为秋心说部第一集，业已出版，爱读秋心文章者，当以先睹为快也。"刊载"警梦痴仙著《续海上繁华梦》"广告，总发行所民权出版部。"说海"栏刊载记事短篇《芦花泪》，昂孙，文言；趣情短篇《阿紫》，花奴，文言；艳情短篇《襟上酒痕》，冥飞，文言；侠情短篇《浪儿》，岑楼，文言；佛学短篇《莽和尚之姊》（续第五集），天醉，文言；哀情小说《残阳泪》（续第五集），笑云，文言；佚史小说《爱国鸳鸯记》（一名《箕子镜》），海沤，文言；侦探小说《红光珠案》，松笠译，文言；实事小说《花开花落》（续第五集），双热，文言；伦理小说《满腹干戈》（续第三集），箸超，白话；滑稽短篇《新旧妇人》，尘因，白话。刊载"天僇生遗著《恨海鹃声谱》"广告："天僇生王无生先生为文渊博古茂，海内知名，是书为先生遗著，篇中叙一瑞士女子，身蹈情网，百折千回，卒以身殉，情节既离奇变幻，文笔尤悱恻动人，书都五万言，凡二十章，间叙普法战事，形容入妙，读者固不可仅以小说目之焉。定价大洋二角。总发行所民权出版部，批发从廉。""代售各书"广告，内有《小说丛报》一/十期，《红羊佚闻》一元，《假币案》二角，《明季佚闻》四角，艳情小说《野草花》三角。

同日，《双星》第三期"小说"栏刊载短篇小说《爱国丐》，涵秋，文言。刊载笔记小说《薛义士》，睿盦，文言。刊载清外史佚闻之一《长桥侠影》，瞻庐，文言。刊载尚武小说《裙裹腿》，瘿木，文言。刊载《阿赉小传》，小凤，文言。刊载寓言小说《咄咄》，怪生，文言。刊载警世小说《盗贼父子》，瘿木，文言。刊载奇案小说《姑恶血》，石兰女史，文言。刊载神怪小说《甘后墓》，聊摄，文言。刊载奇案小说《屠妇冤》，石兰，文言。刊载写情小说《莫愁缘》，雅菴，文言。刊载哀情小说《可怜侬》，文言。刊载《玉楼梦史》（续），茳渔，文言。刊载《牛女怨》（续），中泠，文言。刊载社会小说《尘海燃犀录》（续），仆本恨人，白话章回。"传奇"栏刊载《红楼梦散套》，荆石山民填词。

同日，《申报》"自由谈"之小说栏刊载侦探小说《我子之一》，原名ONE OF MY SONS，东莒译，白话。刊载滑稽短篇《玉美人》，醒谢，白话。

同日，《时报》刊载寓意短篇《慈悲猫》，今醉，白话。

同日，《神州日报》"神皋杂俎"栏刊载小说《怪美人》，英国巴尔沙克黎原著，何诹笔述，何海澄口译，老谈润文，文言。

同日，《新闻报》"快活林"刊载寓言小说《喧宾夺主》，陆士谔，文言。刊载言情小说《并头莲》，江都李涵秋。

16 日　《申报》"自由谈"之小说栏刊载侦探小说《我子之一》，原名ONE OF MY SONS，东莒译，白话。刊载滑稽短篇《玉美人》，醒谢，白话。

同日，《时报》刊载"五彩珂罗版印王小梅画《红楼梦》条屏八幅"。刊载短篇小说《智勇少年》，独尊，文言。

同日，《神州日报》"神皋杂俎"栏刊载中国侦探案小说《自由小榭》，兴业何诹著，文言。

同日，《新闻报》"快活林"刊载警世小说《国耻纪念庐》，忍俊，文言。刊载言情小说《并头莲》，江都李涵秋。

17 日　《申报》"自由谈"之小说栏刊载家庭小说《嫣红劫》（续）常

觉、小蝶合译，天虚我生润文，文言。刊载滑稽短篇《玉美人》，醒谢，白话。

同日，《时报》刊载纪实小说《黑夜深林下之女郎》，（英国查理士兰伯著）（长沙孝宗评），文言。

同日，《神州日报》"神皋杂俎"栏刊载小说《怪美人》，英国巴尔沙克黎原著，何诹笔述，何海澄口译，老谈润文，文言。

同日，《新闻报》"快活林"刊载滑稽小说《假热心》，花奴，文言。刊载言情小说《并头莲》，江都李涵秋。"演义"栏刊载《三韩亡国史演义》，闲闲，白话。

18 日 《申报》"自由谈"之小说栏刊载家庭小说《嫣红劫》（续）常觉、小蝶合译，天虚我生润文，文言。刊载侦探小说《我子之一》，原名 ONE OF MY SONS，东茔译，白话。刊载痴情小说《美女花》，小山、梅郎合译，文言。

同日，《神州日报》"神皋杂俎"栏刊载中国侦探案小说《自由小榭》，兴业何诹著，文言。

同日，《新闻报》"快活林"刊载滑稽小说《千古文豪大会议》，师尚，白话。刊载言情小说《并头莲》，江都李涵秋。"演义"栏刊载《三韩亡国史演义》，闲闲，白话。

19 日 《申报》"自由谈"之小说栏刊载家庭小说《嫣红劫》（续）常觉、小蝶合译，天虚我生润文，文言。刊载侦探小说《我子之一》，原名 ONE OF MY SONS，东茔译，白话。刊载痴情小说《美女花》，小山、梅郎合译，文言。

同日，《时报》刊载"同时三版之好小说定夷著《红粉劫》《茜窗泪影》每种定价大洋六角，总发行所上海四马路中国华书局"。刊载纪梦短篇《储金演说会》，石军，文言。

同日，《神州日报》"神皋杂俎"栏刊载小说《怪美人》，英国巴尔沙克黎原著，何诹笔述，何海澄口译，老谈润文，文言。

同日，《新闻报》"快活林"刊载滑稽小说《千古文豪大会议》，师尚，白话。刊载言情小说《并头莲》，江都李涵秋。"演义"栏刊载《三韩亡国史演义》，闲闲，白话。

20 日　《大中华》第一卷第五期刊载《石麟移月记》(续)，英国马格内原著，闽县林纾笔述，静海陈家麟译意，文言。

同日，《申报》"自由谈"之小说栏刊载家庭小说《嫣红劫》(续)常觉、小蝶合译，天虚我生润文，文言。刊载侦探小说《我子之一》，原名 *ONE OF MY SONS*，东茔译，白话。刊载痴情小说《美女花》，小山、梅郎合译，文言。刊载广告："同时三版之好小说，定夷著，《红粉劫》《茜窗泪影》，每种定价大洋六角，总发行所上海四马路中国华书局。"刊载"海上警梦痴仙著《续海上繁华梦》初集出版"广告。

同日，《时报》刊载纪梦短篇《储金演说会》，石军，文言。

同日，《神州日报》"神皋杂俎"栏刊载中国侦探案小说《自由小榭》，兴业何诹著，文言。

同日，《新闻报》"快活林"刊载滑稽短篇《近西运动大会观览记》，东垒，文言。刊载言情小说《并头莲》，江都李涵秋。"演义"栏刊载《三韩亡国史演义》，闲闲，白话。刊载"同时三版之好小说定夷著《红粉劫》《茜窗泪影》，每种定价大洋六角，总发行所上海四马路中国华书局"广告。刊载"社会小说之别裁《戏迷传》全集"广告："海上漱石生孙玉声先生为小说界斫轮老手，久负盛名，所著章回说部节目紧凑，线索通灵，尤非率尔操觚者所可望其项背，兹觅得所著章回别裁《戏迷传》全集计三十回，书中一名一物一事一地无不以戏名贯成，斗角钩心，诚为别开生面，既无丝毫牵强之弊，且映合时事之处，有帷灯匣剑之妙。大文豪天虚我生见而赏之，逐回详细加评，谓为近日小说中独一无二之著，一经品题，此书益觉声价十倍，洋装二册共十六万言，并请沈伯忱君精绘滑稽水彩画封面二幅，每部售洋一元，想阅者定当先睹为快也。总发行所上海棋盘街五马路口锦章图书局。"

21 日　《申报》"自由谈"之小说栏刊载家庭小说《嫣红劫》(续)常觉、小蝶合译，天虚我生润文，文言。刊载滑稽短篇《玉美人》，醒谢，白话。

同日，《神州日报》"神皋杂俎"栏刊载小说《怪美人》，英国巴尔沙克黎原著，何诹笔述，何海澄口译，老谈润文，文言。

同日，《新闻报》"快活林"刊载小说《极北运动大会观览记》，东垫，文言。刊载言情小说《并头莲》，江都李涵秋。"演义"栏刊载《三韩亡国史演义》，闲闲，白话。

22 日 《礼拜六》第五十一期刊载爱国小说《为祖国死》，天白，文言。刊载爱国小说《闭门推出窗前月》，花奴，文言。刊载滑稽小说《两袋铜牌》，警己，白话。刊载惨情小说《可怜》，南邨，文言。刊载军人小说《功……罪》，瘦鹃，文言。刊载诙谐小说《衣袋》，宜右，文言。刊载冒险小说《海中人》(续)，法国威尔奴著，悾悾译，文言。刊载福尔摩斯最新探案《恐怖窟》(续)，科南达里原著，常觉、小蝶合译，文言。刊载滑稽谈数《矮国奇谈》，文言。刊载《国耻录》，钝根纂述，文言。

同日，《申报》"自由谈"之小说栏刊载家庭小说《嫣红劫》(续)常觉、小蝶合译，天虚我生润文，文言。刊载痴情小说《美女花》，小山、梅郎合译，文言。

同日，《神州日报》"神皋杂俎"栏刊载中国侦探案小说《自由小榭》，兴业何诹著，文言。

同日，《新闻报》"快活林"刊载小说《极北运动大会观览记》，东垫，文言。刊载言情小说《并头莲》，江都李涵秋。"演义"栏刊载《三韩亡国史演义》，闲闲，白话。

23 日 《申报》"自由谈"之小说栏刊载家庭小说《嫣红劫》(续)常觉、小蝶合译，天虚我生润文，文言。刊载侦探小说《我子之一》，原名 *ONE OF MY SONS*，东茔译，白话。

同日，《时报》刊载寓言小说《东村被辱记》，兴化陈锡侯，文言。

同日，《神州日报》"神皋杂俎"栏刊载小说《怪美人》，英国巴尔沙克黎原著，何诹笔述，何海澄口译，老谈润文，文言。

同日，《新闻报》"快活林"刊载纪事小说《以志吾过》，徐徐，文言。刊载言情小说《并头莲》，江都李涵秋。"演义"栏刊载《三韩亡国史演义》，闲闲，白话。

24 日 《申报》"自由谈"之小说栏刊载家庭小说《嫣红劫》（续）常觉、小蝶合译，天虚我生润文，文言。刊载短篇名著《最后之赦言》，梅郎译，文言。

同日，《时报》刊载寓言小说《东村被辱记》，兴化陈锡侯，文言。

同日，《神州日报》"神皋杂俎"栏刊载中国侦探案小说《自由小榭》，兴业何诹著，文言。

同日，《新闻报》"快活林"刊载滑稽短篇《相人术》，睿庵，文言。刊载言情小说《并头莲》，江都李涵秋。"演义"栏刊载《三韩亡国史演义》，闲闲，白话。

25 日 《小说月报》第六卷第五号"短篇小说"栏刊载《心碎》美国华盛顿欧文原著，浮海，文言；刊载《克勤郡王》，梅癯，文言；刊载《欺以其方》，梅癯，文言；刊载《热》，守如，文言；刊载《浮生四幻》，赵绂章，文言；刊载《政治家之妻》Marie manning 原著，雨苍，文言；刊载《木石前缘》，竞夫，文言；刊载《李代桃僵》，铁樵，文言；刊载《俄宫还钻记》，吴荣昌，文言。刊载"商务印书馆出版"广告："《说部丛书》一百三十册，零售四十余元，全部二十元。《林译小说》五十种九十七册，零售三十七元余，全部十六元。《小本小说》一百数十种，每册一角至二角，定价至廉，趣味渊深，携带便利。《新撰新译小说》二百余种，各类俱有，引人入胜，文言白话，兼擅其长。《旧小说》六集二十册，全部定价六元，上溯汉魏，下迄清末，荟萃精华，共千余种。《说林》已出十四集，每集二角。""长篇小说"栏刊载《云破月来缘》并序，英国鹊刚伟原著，闽县林纾笔述，铅山胡朝梁口译，文言；刊载《德国外交秘史》，潄露，第一回 侦探部浪子投身，白话；刊载《西学东渐记》容纯甫先生自叙，凤石译述，铁樵校订，文言。"笔记"栏刊载《慧因室杂缀》，守如，文言；刊载《小说丛考第三集卷三》，泖东一蟹，此期刊载《全家庆传奇考》《玉蟾蜍弹词考》《野叟曝言考》。刊载商务印书馆发行《绿波传》《娜兰小传》广告，内容介绍同前。刊载"商务印书馆出版宣讲必备之书"广告，内有"《新社会》已出三集，每集一角二分，本书为小说大家天笑生所撰，以街谈巷议之口吻，述共和国民之智识，宣讲员得此以为资料，则虽农夫村妪闻之无不了解。《新说书》，已出二集，每集一角二分，本书以李世地理科学实业诸端为材料，而以小说之辞调、说书之口腔，联络而贯穿之，诙谐百出，逸趣横生"，又有小说《克莱武传》三角，《澳洲历险记》一角五分，《美洲童子万里寻亲记》大本三角小本一角，《鲁滨逊漂流记》大本、小本，各二册，七角、三角。刊载《本社函件录》，此期刊载《翰甫君致本社记者书》及铁樵《答翰甫君》书、《醒吾君致本社记者书》及铁樵《答醒吾君》书，四函件之前有文曰："本报辱海内外博雅君子过爱，以为有一日之长，常损书督过，责备綦严，同人深惧陨越，何敢蹈文过讳疾之嫌，负诸君子纠谬绳愆之雅，用特辟此栏以志盛惠，倘先生长者以为可教益，辱教之行见文字，有光社会蒙福，岂特敝社同人感纫无已哉。（此栏以讨论攻错为限，其一味过奖及徒事谩骂者恕不登录）"刊载本社通告，为征稿启事，同前。

同日，《中华学生界》第一卷第五期刊载医学小说《病菌大会议》，天笑生，白话。

同日，《申报》"自由谈"之小说栏刊载家庭小说《嫣红劫》（续）常觉、小蝶合译，天虚我生润文，文言。刊载军事小说《托尔斯泰之外孙》，剑虹，文言。

同日，《时报》刊载救国储金短篇《幼童之泣史》，金荫吾，文言。

同日，《神州日报》"神皋杂俎"栏刊载小说《怪美人》，英国巴尔沙克黎原著，何诹笔述，何海澄口译，老谈润文，文言。

同日，《新闻报》"快活林"刊载滑稽短篇《谁知鸟之雌雄》，太和，文言。刊载警世小说《无瑕璧》，律西，文言。"演义"栏刊载《三韩亡国史演义》，闲闲，白话。

26 日 《申报》"自由谈"之小说栏刊载家庭小说《嫣红劫》（续）常

觉、小蝶合译，天虚我生润文，文言。刊载军事小说《托尔斯泰之外孙》(续)，剑虹，文言。

同日，《时报》刊载救国储金短篇《幼童之泣史》，金荫吾，文言。

同日，《神州日报》"神皋杂俎"栏刊载纪事小说《瓜步归帆》，抚瑟，文言。

同日，《新闻报》"快活林"刊载滑稽短篇《如是我闻》，佛甦，文言。刊载警世小说《无瑕璧》，律西，文言。"演义"栏刊载《三韩亡国史演义》，闲闲，白话。

27 日 《申报》"自由谈"之小说栏刊载家庭小说《嫣红劫》(续)常觉、小蝶合译，天虚我生润文，文言。刊载军事小说《托尔斯泰之外孙》(三)，剑虹，文言。

同日，《神州日报》"神皋杂俎"栏刊载小说《怪美人》，英国巴尔沙克黎原著，何诹笔述，何海澄口译，老谈润文，文言。

同日，《新闻报》"快活林"刊载警世小说《候补亡国奴》，侠隐，文言。刊载警世小说《无瑕璧》，律西，文言。"演义"栏刊载《三韩亡国史演义》，闲闲，白话。

28 日 《申报》"自由谈"之小说栏刊载家庭小说《嫣红劫》(续)常觉、小蝶合译，天虚我生润文，文言。刊载军事小说《托尔斯泰之外孙》(三续)，剑虹，文言。

同日，《时报》刊载"破天荒小说旬刊《摩尼》出班了，阴历四月二十日出班，每册大洋一角"广告："本旬刊为海内闻家沈印秋(天因生)等诸先生所诞创，小说巨子血香、悔我生等所主政，更外请轶池渔舟黯石病骸天恨荷钱逸庵等诸大士从事撰述青年老硕菁萃一堂寓警意于神乘寄佛忱于婆口，书约四万言，内容丰富，词藻典艳，既可作酒阑饭余之消遣，复可谓陶冶性情之极品，付印无多，幸速来购，第一期内容披露于左。……每册大洋一角，总发行所上海老垃圾桥下晋康里二弄摩尼小说旬刊社发行部，分售处本外埠各大书坊。"

同日，《神州日报》"神皋杂俎"栏刊载纪事小说《瓜步归帆》，抚瑟，文言。

同日，《新闻报》"快活林"刊载滑稽短篇《矮脚犬之受创》，寥寥，文言。刊载言情小说《并头莲》，江都李涵秋，白话。"演义"栏刊载《三韩亡国史演义》，闲闲，白话。

29 日 《礼拜六》第五十二期刊载诙谐小说《酒徒别传》，中冷，文言。刊载小说界之珍品《同归于尽》，欧洲怪杰拿破仑蒲那伯脱遗著，吴门瘦鹃译，文言。刊载苦情小说《断肠日记》，瘦鹃，文言。刊载滑稽小说《第六十三条》，常觉小蝶，白话。苦情小说《薄命女儿》，黎青，文言。刊载滑稽小说《十镑纸币》，幼新，文言。刊载爱国小说《五花球》，剑影，文言。刊载家庭小说《镜台小史》，振之，文言。刊载国耻小说《五月九日六句钟》，剑秋，文言。刊载滑稽谈薮《矮国奇谈》（续），扬汉居士，文言。

同日，《申报》"自由谈"之小说栏刊载奇情小说《秘密汽车》，东莹译，白话。

同日，《时报》刊载"进步书局第一次最新小说出版"广告："哀情小说《美人劫》一册价洋三角，言情小说《碧梦痕》二册价洋七角，怪异小说《火星与地球之战争》一册价洋二角，哀情小说《鸳鸯梦》二册价洋五角，理想小说《八十万年后之世界》一册价洋一角五分，奇情侦探《秘密女子》一册价洋三角。小说一道，构想贵新，布局贵奇，文笔尤贵典洁，雅俗共赏，可以适独居，可以怡广座，斯为杰作。本此宗旨，编辑小说。其已出版者如《碧梦痕》之模仿红楼后来居上，《美人劫》之金闺才媛堕溷可怜，《秘密女子》之神龙隐现变幻百端，《鸳鸯梦》之生死情天哀感顽艳，《八十万年后之世界》及《火星与地球之战争》两种尤为理想小说中之破天荒，读者自当先睹为快也。总发行是上海棋盘街文明书局及各省中华书局经售处，各省各大书局。"刊载"商务印书馆《童话》已出三十九册，第一集每册大洋五分，第二集每册大洋一角"广告。

同日，《神州日报》"神皋杂俎"栏刊载小说《怪美人》，英国巴尔沙克黎原著，何诹笔述，何海澄口译，老谈润文，文言。

同日，《新闻报》"快活林"刊载滑稽小说《成功与失败》，觉庵，文言。刊载言情小说《并头莲》，江都李涵秋，白话。"演义"栏刊载《三韩亡国史演义》，闲闲，白话。刊载"《礼拜六》第五十二期周年纪念大增刊"广告。

30 日 《小说丛报》第十一期"短篇小说"栏刊载劄记小说《养疴客谈》，虞山钱蒙叟遗著，文言；警世小说《妾之奇祸》，铁冷，文言；清外史之一《玉钏恨》，仪鄹，文言；革命惨史《白杨衰草鬼烦冤》(盛斯原稿)，枕亚，文言；红羊佚闻补四《三娘子》，绂章，文言；侦探小说《烟丝》，天愤，文言；滑稽四书演义之一《宰予昼寝》，双热，白话；记实小说《薄命怜卿甘作妾》，楚声、铁冷，文言；神怪小说《幻术》，水心、式稇合译，文言；警世小说《虚荣误》，夫谁，文言。"长篇小说"栏刊载历史小说《胜水残山录》(续)，海虞秸氏遗著，后裔逸如重编，白话，分章，有回目；别体小说《雪鸿泪史》(何梦霞日记)，古吴徐枕亚评校，文言；理想小说《世界文明之悲观》(续)，东讷译，文言；孽情小说《琵琶泪》(续)，箸超，文言；科学小说《不速之客》，灝森译，文言；俄国虚无党仇杀案《黑漆之门》(英国惠廉奎克士原著)，倪灝森译，文言。刊载《假币案》出版广告。刊载"本社特别征文"广告。刊载枕亚哀情小说《余之妻》广告。刊载谐译《西方朔》广告。刊载"艳情小说《野草花》现已出版"广告。

同日，《申报》"自由谈"之小说栏刊载家庭小说《嫣红劫》(续)常觉、小蝶合译，天虚我生润文，文言。刊载奇情小说《秘密汽车》，东莹译，白话。

同日，《时报》刊载寓言短篇《家在飘摇落照间》，绿玉□碧痕，文言。

同日，《神州日报》"神皋杂俎"栏刊载纪事小说《瓜步归帆》，抚瑟，文言。

同日，《新闻报》"快活林"刊载社会小说《赔了夫人又折钱》，高洁，文言。刊载言情小说《并头莲》，江都李涵秋，白话。"演义"栏刊载《三韩亡国史演义》，闲闲，白话。

31 日　《申报》"自由谈"之小说栏刊载家庭小说《嫣红劫》（续）常觉、小蝶合译，天虚我生润文，文言。刊载奇情小说《秘密汽车》，东莒译，白话。

同日，《时报》刊载技术小说《贵族三少年》，（原著载英国 *STRAND MAGZINE*），韦文译，文言。

同日，《神州日报》"神皋杂俎"栏刊载小说《怪美人》，英国巴尔沙克黎原著，何诹笔述，何海澄口译，老谈润文，文言。

同日，《新闻报》"快活林"刊载社会小说《赔了夫人又折钱》，高洁，文言。刊载言情小说《并头莲》，江都李涵秋，白话。"演义"栏刊载《三韩亡国史演义》，闲闲，白话。

发生于本月但日期不详之事件

《滑稽时报》"说林"栏刊载《血中花》，失名，文言；刊载《福桃》，新，文言；刊载《梅嬢小史》，影梧，文言；刊载《陶娇娘》，冠亚，文言；刊载《堕泪碑》，痴鸳，文言；刊载《英王遇难记》，荫吾，文言；刊载《情天补恨》，荫吾，文言；刊载《倒乱千秋》，无知少年，白话章回。

《甲寅》第一卷第五号刊载《双枰记》（续第四号），烂柯山人，文言。

《中华妇女界》第一卷第五期刊载《慈禧外记》广告。刊载家庭小说《分钿合钿记》，瘦鹃译，白话；短篇小说《儿童教育研究会》，霆公，文言。

06 月

01 日　《小说海》第一卷第六号"短篇"栏刊载《婚媾有言》，宇澄，文言；《印月僧》，李磊盦，文言；《红闺剑影》，幼新，白话；《十万镑之钻戒》，剑麈、澍生，文言；《徐娘怨》，谷儒，文言；《七贤党》，玄父，文言；《裔娥》，企翁，白话；《萍花》，指严，白话。"长篇"栏刊载《碧血鸳鸯》，英国蔡尔斯掰弗师著，沈焜、印剑鸣，文言；《黑籍魂》，待飞生，白话章回。刊载《新社会》《新说书》广告。

同日，《中华小说界》第二卷第六期刊载"《清代轶闻》洋装四册，定价一元八角，特价五千部，每部一元"广告："公余课暇 酒醒茶初 可以博闻 可以遣兴 有清一代上而宫廷，下而草野，轶事遗闻，足资记录者，本书无不备列。语其特色有三，如搜罗名人笔札记载不下数百十种，其有藏家秘籍未经流传者，无不访借，分类采辑，至十六门之多，如名人轶事、宫闱秘史、外交小史、文苑杂录、洪杨轶闻、梼杌近志、小说、书画史、工艺志、游侠记、方外记、良医记、货殖记、奕史、艺术史、北里志，特色一。至纂述务求新颖，如宫闱秘史之清宫词，纳兰后为尼，德宗晏驾异闻，外交小史之英使觐见，清高宗行叩头礼，新加坡之纪念诏书，洪杨轶闻之石达开之日记，梼杌近志之李莲英之妹，杨翠喜万人迷，小说类之品花宝鉴，孽海花，海上花，各书之隐托人名，北里志之吴梅村圆圆曲，樊樊山前后彩云曲，八大胡同之历史，均为人人所欲知而未易尽知者，特色二。本书凡十余万言，三百余页，洋装四厚册，印刷之美，价值之廉，特色三。欲考清代之奇闻秘事者，当亦先睹为快也。中华书局广告。""短篇"栏刊载国民小说《荔枝》，天笑、毅汉，文言；哲理小说《哲学之祸》，法国玛黎瑟勒勃朗原著，屏周、瘦鹃，白话；言情小说《情悟》，海澄、半侬，文言；神怪小说《徐格忽烈特》，德国培立至原著，江东老虬、莹如，文言；侦探小说《十万圆》，瘦鹃，白话；历史小说《合河吉岗义旅记》，庸民，文言。"长篇"栏刊载哀情小说《归梦》，湘影，白话；历史小说《回首百年》，汉声、亚星，文言。"艺术史"栏刊载亦周郎之《京师三十年来梨园史》，其余论中有题曰"改良戏剧先须改良小说"。

同日，《申报》"自由谈"之小说栏刊载家庭小说《嫣红劫》（续）常

觉、小蝶合译，天虚我生润文，文言。刊载奇情小说《秘密汽车》，东莹译，白话。

同日，《时报》刊载"完全华商商务印书馆有益之消遣品各种小说"广告，内列书目。刊载"破天荒小说旬刊《摩尼》出版了，月出三册，每册一角"广告。刊载技术小说《贵族三少年》，（原著载英国 *STRAND MAGZINE*），韦文译，文言。

同日，《大共和日报》刊载广告："《琵琶怨》江都李涵秋曾载大共和报，早经脍炙人口，兹印单行本以供快睹，洋装一册定价二角，一律对折，上海大马路老其昌大共和日报馆内国学书室启。"附刊载社会小说《广陵潮》，涵秋，白话。刊载哀情小说《杜宇啼红记》，少芹译，文言。

同日，《新闻报》"快活林"刊载社会小说《赔了夫人又折钱》，高洁，文言。刊载言情小说《并头莲》，江都李涵秋，白话。"演义"栏刊载《三韩亡国史演义》，闲闲，白话。

同日，《神州日报》"神皋杂俎"栏刊载纪事小说《瓜步归帆》，抚瑟，文言，逢奇数天刊登，至本月 19 日止。刊载小说《怪美人》，英国巴尔沙克黎原著，何诹笔述，何海澄口译，老谈润文，文言，逢偶数天刊登，至本月 20 日止。

02 日 《申报》"自由谈"之小说栏刊载家庭小说《嫣红劫》（续）常觉、小蝶合译，天虚我生润文，文言。刊载奇情小说《秘密汽车》，东莹译，白话。

同日，《时报》刊载技术小说《贵族三少年》，（原著载英国 *STRAND MAGZINE*），韦文译，文言。

同日，《大共和日报》附刊载社会小说《广陵潮》，涵秋，白话。"短篇小说"栏刊载中国之侦探术《党人欤……》，马二先生，文言。刊载哀情小说《杜宇啼红记》，少芹译，文言。

同日，《新闻报》"快活林"刊载滑稽短篇《西洋镜中之禁烟画》，陆师尚，白话。刊载言情小说《并头莲》，江都李涵秋，白话。"演义"栏刊载《三韩亡国史演义》，闲闲，白话。

03 日 《申报》"自由谈"之小说栏刊载家庭小说《嫣红劫》(续) 常觉、小蝶合译，天虚我生润文，文言。刊载奇情小说《秘密汽车》，东莝译，白话。

同日，《时报》刊载"小说界新闻界之奇观《小说日刊》内容短篇小说长篇小说传奇小说文艺杂俎，价目全年六元半年三元邮费不加报资先惠。每日出版上海法界新桥街四号洋房内飞艇社发行"。刊载滑稽短篇《烟迷》，今醉，白话。

同日，《大共和日报》附刊载社会小说《广陵潮》，涵秋，白话。"短篇小说"栏刊载中国之侦探术《党人欤……》，马二先生，文言。刊载哀情小说《杜宇啼红记》，少芹译，文言。

同日，《新闻报》"快活林"刊载滑稽短篇《保寿险》，花奴，文言。刊载侠情小说《蛮触恨》，指严，文言。"演义"栏刊载《三韩亡国史演义》，闲闲，白话。

04 日 《申报》"自由谈"之小说栏刊载家庭小说《嫣红劫》(续) 常觉、小蝶合译，天虚我生润文，文言。刊载奇情小说《秘密汽车》，东莝译，白话。

同日，《大共和日报》附刊载社会小说《广陵潮》，涵秋，白话。刊载哀情小说《杜宇啼红记》，少芹译，文言。

同日，《新闻报》"快活林"刊载爱国小说《庆祝大宴》，陆师尚，文言。刊载侠情小说《蛮触恨》，指严，文言。"演义"栏刊载《三韩亡国史演义》，闲闲，白话。

05 日 《妇女杂志》第一卷第六号"名著"栏刊载《女世说》，昭阳李清映碧辑。"小说"栏刊载《我国之武士道》，寒蕾，文言；《呜呼毒蛇》(续)，叶中冷，文言；《髫龄梦影》，玉俞，文言。

同日，《礼拜六》第五十三期刊载冒险小说《火山鸟》，天白，文言。刊载社会小说《苦教员》，企翁，白话。刊载爱国小说《祖国重也》，瘦鹃，文言。刊载箴俗小说《情书欤……毒札欤》，振之，文言。刊载言情小说《燕子来矣》，花奴，文言。刊载诙谐小说《懒人福》，梅魂，文言。刊载哲理的言情小说《影响》（希腊神话之二），小草，文言。刊载冒险小说《海中人》（续），法国威尔奴著，悾悾译，文言。刊载福尔摩斯最新探案《恐怖窟》（续），科南达里原著，常觉、小蝶合译，文言。刊载滑稽谈薮《矮国奇谈》（再续），文言。

同日，《申报》"自由谈"之小说栏刊载家庭小说《嫣红劫》（续）常觉、小蝶合译，天虚我生润文，文言。刊载奇情小说《秘密汽车》，东茔译，白话。

同日，《时报》刊载短篇寓言《破舟遇险记》，今醉，白话。

同日，《大共和日报》附刊载社会小说《广陵潮》，涵秋，白话。刊载哀情小说《杜宇啼红记》，少芹译，文言。

同日，《新闻报》"快活林"刊载爱国小说《庆祝大宴》，陆师尚，文言。刊载侠情小说《蛮触恨》，指严，文言。"演义"栏刊载《三韩亡国史演义》，闲闲，白话。

06 日 《申报》"自由谈"之小说栏刊载家庭小说《嫣红劫》（续）常觉、小蝶合译，天虚我生润文，文言。刊载奇情小说《秘密汽车》，东茔译，白话。

同日，《时报》刊载短篇小说《井上李》，梅癯，文言。

同日，《大共和日报》附刊载社会小说《广陵潮》，涵秋，白话。刊载哀情小说《杜宇啼红记》，少芹译，文言。

同日，《新闻报》"快活林"刊载滑稽小说《巧鸳鸯》，药聋，文言。刊载侠情小说《蛮触恨》，指严，文言。"演义"栏刊载《三韩亡国史演义》，闲闲，白话。

07 日 《申报》"自由谈"之小说栏刊载家庭小说《嫣红劫》（续）常觉、小蝶合译，天虚我生润文，文言。刊载奇情小说《秘密汽车》，东茔译，白话。

同日，《大共和日报》附刊载社会小说《广陵潮》，涵秋，白话。刊载哀情小说《杜宇啼红记》，少芹译，文言。

同日,《新闻报》"快活林"刊载滑稽短篇《商人语》,乘桴,文言。刊载侠情小说《触蛮恨》,指严,文言。"演义"栏刊载《三韩亡国史演义》,闲闲,白话。

08 日 《申报》"自由谈"之小说栏刊载家庭小说《嫣红劫》(续)常觉、小蝶合译,天虚我生润文,文言。刊载奇情小说《秘密汽车》,东茎译,白话。刊载"《小说新报》第四期出版"广告。

同日,《大共和日报》附刊载社会小说《广陵潮》,涵秋,白话。刊载哀情小说《杜宇啼红记》,少芹译,文言。

同日,《新闻报》"快活林"刊载滑稽短篇《墨晶眼镜》,恨公,文言。刊载侠情小说《蛮触恨》,指严,文言。"演义"栏刊载《三韩亡国史演义》,闲闲,白话。

09 日 《申报》"自由谈"之小说栏刊载家庭小说《嫣红劫》(续)常觉、小蝶合译,天虚我生润文,文言。刊载奇情小说《秘密汽车》,东茎译,白话。

同日,《大共和日报》附刊载社会小说《广陵潮》,涵秋,白话。刊载哀情小说《杜宇啼红记》,少芹译,文言。

同日,《新闻报》"快活林"刊载社会小说《神骗》,恨人,白话。刊载侠情小说《蛮触恨》,指严,文言。"演义"栏刊载《三韩亡国史演义》,闲闲,白话。

10 日 《东方杂志》第十二卷第六号刊载《薄倖女》(一名《恶侦探》,英国梅女士著),作霖,文言;历史小说《绛带记》,法国大仲马原著,不许转载,天游,白话;《五十故事》之《成吉思之鹰》,东吴旧孙,文言。

同日,《申报》"自由谈"之小说栏刊载家庭小说《嫣红劫》(续)常觉、小蝶合译,天虚我生润文,文言。刊载奇情小说《秘密汽车》,东茎译,白话。

同日,《时报》刊载哀情小说《孽姻缘》,桐心,文言。

同日,《大共和日报》附刊载社会小说《广陵潮》,涵秋,白话。刊载哀情小说《杜宇啼红记》，少芹译，文言。

同日，《新闻报》"快活林"刊载社会小说《神骗》，恨人，白话。刊载侠情小说《蛮触恨》，指严，文言。"演义"栏刊载《三韩亡国史演义》，闲闲，白话。

11 日 《申报》"自由谈"之小说栏刊载家庭小说《嫣红劫》（续）常觉、小蝶合译，天虚我生润文，文言。刊载奇情小说《秘密汽车》，东茝译，白话。刊载广告："《小说丛报》第十一期，哀情小说《燕□筝弦录》五角，艳情小说《野草花》三角，《枕亚浪墨》七角，《明季佚闻》四角，《红羊佚闻》一元，《铁冷碎墨》六角，《双热嚼墨》五角，《假币案》二角，上海四马路大新街口四四三号小说丛报社发行。"

同日，《大共和日报》附刊载社会小说《广陵潮》，涵秋，白话。刊载哀情小说《杜宇啼红记》，少芹译，文言。

同日，《新闻报》"快活林"刊载滑稽短篇《班马之武功》，天鹤，文言。刊载侠情小说《蛮触恨》，指严，文言。"演义"栏刊载《三韩亡国史演义》，闲闲，白话。

12 日 《礼拜六》第五十四期刊载言情小说《连台情劫》，延陵，文言。刊载滑稽小说《辫之趣史》，阿瑛，文言。刊载军人小说《十年后》，瘦鹃译，白话。刊载侠情小说《女丈夫》，花奴，文言。刊载爱国小说《罗曼老人之家承》，南邨，文言。刊载社会小说《涿州狱》，恨人，文言。刊载冒险小说《海中人》（续），法国威尔奴著，悾悾译，文言。刊载福尔摩斯最新探案《恐怖窟》，科南达里原著，常觉、小蝶合译，文言。刊载滑稽谈数《矮国奇谈》（续），文言。

同日，《申报》"自由谈"之小说栏刊载家庭小说《嫣红劫》（续）常觉、小蝶合译，天虚我生润文，文言。刊载奇情小说《秘密汽车》，东茝译，白话。

同日，《大共和日报》附刊载社会小说《广陵潮》，涵秋，白话。

同日，《新闻报》"快活林"刊载短篇寓言《共和酱园》，瘦蝶，文言。刊载侠情小说《蛮触恨》，指严，文言。"演义"栏刊载《三韩亡国史演义》，闲闲，白话。

13 日 《申报》"自由谈"之小说栏刊载家庭小说《嫣红劫》(续)常觉、小蝶合译，天虚我生润文，文言。刊载奇情小说《秘密汽车》，东荃译，白话。

同日，《大共和日报》附刊载社会小说《广陵潮》，涵秋，白话。

同日，《新闻报》"快活林"刊载短篇纪事《官士》，大观，文言。刊载侠情小说《蛮触恨》，指严，文言。"演义"栏刊载《三韩亡国史演义》，闲闲，白话。

14 日 《申报》"自由谈"之小说栏刊载家庭小说《嫣红劫》(续)常觉、小蝶合译，天虚我生润文，文言。刊载奇情小说《秘密汽车》，东荃译，白话。刊载剳记小说《了和尚》，佩兰，文言。

同日，《时报》刊载"《小说时报》二十四号出版"广告。

同日，《大共和日报》附刊载社会小说《广陵潮》，涵秋，白话。

同日，《新闻报》"快活林"刊载短篇寓言《流毒何极》，孑余，白话。刊载侠情小说《蛮触恨》，指严，文言。"演义"栏刊载《三韩亡国史演义》，闲闲，白话。

15 日 《民权素》第七集刊载"警梦痴仙著《续海上繁华梦》"广告，总发行所民权出版部。"说海"栏刊载社会短篇《一家哭》，昂孙，文言；侠情短篇《殷小鹃》，花奴，文言；爱情短篇《月下奇遇》，慧君译，文言；孽情短篇《青娥劫》，尘因，文言；烈情短篇《曹碧碧》，冥飞，文言；道学短篇《刘佥之女》，天醉，文言；哀情短篇《溪山春雨》，南邨，文言；轶史小说《爱国鸳鸯记》(一名《箕子镜》，续第六集)，海沤，文言；苦情小说《天涯涕泪记》，悔生，文言；实事小说《花开花落》(续第六集)，双热，文言；义侠小说《刺马记》(续第五集)，悟痴，文言；滑稽短篇《家天下》，老张，白话。

同日，《正谊》第一卷第九号"艺文二"栏刊载《自由窟》，译法国威廉乔利亚斯，By William Le Queux 原著，罗浮山人，文言。

同日，《申报》"自由谈"之小说栏刊载家庭小说《嫣红劫》(续)常

觉、小蝶合译，天虚我生润文，文言。刊载奇情小说《秘密汽车》，东
茔译，白话。

同日，《时报》刊载小说《度夜郎》，章鉴，白话。

同日，《大共和日报》附刊载社会小说《广陵潮》，涵秋，白话。

同日，《新闻报》"快活林"刊载滑稽小说《国鼠》，嚣嚣，文言。刊
载苦情小说《断肠花》，恨人，文言。"演义"栏刊载《三韩亡国史演
义》，闲闲，白话。

16 日 《申报》"自由谈"之小说栏刊载家庭小说《嫣红劫》(续) 常
觉、小蝶合译，天虚我生润文，文言。刊载奇情小说《秘密汽车》，东
茔译，白话。

同日，《大共和日报》附刊载社会小说《广陵潮》，涵秋，白话。

同日，《新闻报》"快活林"刊载滑稽警世小说《孽海回头》，觉庵，
文言。刊载苦情小说《断肠花》，恨人，文言。"演义"栏刊载《三韩亡国
史演义》，闲闲，白话。

17 日 《申报》"自由谈"之小说栏刊载家庭小说《嫣红劫》(续) 常
觉、小蝶合译，天虚我生润文，文言。刊载奇情小说《秘密汽车》，东
茔译，白话。

同日，《时报》刊载历史小说《七出祁山》，病某，白话。

同日，《大共和日报》附刊载社会小说《广陵潮》，涵秋，白话。

同日，《新闻报》"快活林"刊载滑稽警世小说《孽海回头》，觉庵，
文言。刊载苦情小说《断肠花》，恨人，文言。"演义"栏刊载《三韩亡国
史演义》，闲闲，白话。

18 日 《申报》"自由谈"之小说栏刊载家庭小说《嫣红劫》(续) 常
觉、小蝶合译，天虚我生润文，文言。刊载滑稽短篇《雄黄酒误我》，
小蝶，文言。

同日，《时报》刊载滑稽短篇《端午梦》，韦父，白话。

同日，《大共和日报》附刊载社会小说《广陵潮》，涵秋，白话。

同日，《新闻报》"快活林"刊载滑稽小说《端午日之新讼案》，半

侬，白话。刊载苦情小说《断肠花》，恨人，文言。"演义"栏刊载《三韩亡国史演义》，闲闲，白话。

19 日 《礼拜六》第五十五期刊载言情小说《阿父之忏悔》，瘦鹃，白话。刊载别裁小说《女伶刘喜奎之战史》，恨我，文言。刊载怨情小说《最难消受是黄昏》，天白，白话。刊载滑稽小说《药方》，梅魂译，文言。刊载诙谐小说《顽皮学生》，老范，文言。刊载冒险小说《海中人》（续），法国威尔奴著，悾悾译，文言。刊载福尔摩斯最新探案《恐怖窟》（续），科南达里原著，常觉、小蝶合译，文言。刊载滑稽谈数《矮国奇谈》（再续），文言。

同日，《申报》"自由谈"之小说栏刊载家庭小说《嫣红劫》（续）常觉、小蝶合译，天虚我生润文，文言。刊载滑稽短篇《雄黄酒误我》，小蝶，文言。

同日，《大共和日报》附刊载社会小说《广陵潮》，涵秋，白话。

同日，《新闻报》"快活林"刊载滑稽小说《端午日之新讼案》，半侬，白话。刊载苦情小说《断肠花》，恨人，文言。"演义"栏刊载《三韩亡国史演义》，闲闲，白话。

20 日 《大中华》第一卷第六期刊载《石麟移月记》（续），英国马格内原著，闽县林纾笔述，静海陈家麟译意，文言。

同日，《申报》"自由谈"之小说栏刊载家庭小说《嫣红劫》（续）常觉、小蝶合译，天虚我生润文，文言。刊载滑稽短篇《雄黄酒误我》，小蝶，文言。

同日，《时报》刊载"小说界之杰作，宣讲家之资料《朝鲜痛》"广告。刊载上海四马路中国华书局"小说界之杰作、宣讲家之资料《亡国影》"广告。

同日，《大共和日报》附刊载社会小说《广陵潮》，涵秋，白话。

同日，《新闻报》"快活林"刊载滑稽小说《端午日之新讼案》，半侬，白话。刊载苦情小说《断肠花》，恨人，文言。"演义"栏刊载《三韩亡国史演义》，闲闲，白话。

21 日　《申报》"自由谈"之小说栏刊载家庭小说《嫣红劫》(续)常觉、小蝶合译,天虚我生润文,文言。刊载滑稽短篇《雄黄酒误我》,小蝶,文言。

同日,《时报》刊载"哀情小说《芙蓉泪》上卷出版"广告。

同日,《大共和日报》附刊载社会小说《广陵潮》,涵秋,白话。

同日,《神州日报》"神皋杂俎"栏刊载《鸳牒佳话》,延陵,文言。

同日,《新闻报》"快活林"刊载滑稽小说《端午日之新讼案》,半侬,白话。刊载国际秘密侦探小说《密约》(英国维廉勒苟原著),(常觉、鸣旦合译,天倖润文),文言。"演义"栏刊载《三韩亡国史演义》,闲闲,白话。

22 日　《申报》"自由谈"之小说栏刊载家庭小说《嫣红劫》(续)常觉、小蝶合译,天虚我生润文,文言。刊载滑稽短篇《雄黄酒误我》,小蝶,文言。

同日,《时报》刊载"言情小说《写真缘》"广告:"全书一册,价洋三角。此书以摄影而构成良缘,时值光复,历尽艰辛,篇中描写处想见南北媾和之年,官吏腐败,党势纵横,军人骄悍,司法黑暗,虽为言情之书,而□治恶劣,社会险□,其情形靡不摄入,与世道人心,大有关系,不当专作小说读。言情小说《碧萝痕》全二册价洋七角,哀情小说《鸳鸯梦》全二册价洋五角,言情小说《双泪痕》全一册价洋二角五分,奇情侦探小说《秘密女子》全一册价洋三角,侦探小说《生死美人》全一册价洋三角五分,侦探小说《盗盗》全一册价洋一角五分,怪异小说《火星与地球之战争》全一册价洋二角,理想小说《八十万年后之世界》全一册价洋一角五分,妒情小说《双婿案》全一册价洋二角五分,哀情小说《美人劫》全一册价洋三角,言情小说《情秘》全一册价洋三角,滑稽寓意小说《春梦》全二册价洋五角。总发行所上海棋盘街文明书局及各省中华书局,经售处各省大书局。"刊载小说《好败家子》,习斋,文言。

同日,《大共和日报》附刊载社会小说《广陵潮》,涵秋,白话。

同日,《神州日报》"神皋杂俎"栏刊载小说《怪美人》,英国巴尔沙克黎原著，何诹笔述，何海澄口译，老谈润文，文言。

同日，《新闻报》"快活林"刊载滑稽短篇《五毒大会》，瘦蝶，文言。刊载国际秘密侦探小说《密约》(英国维廉勒苟原著)，(常觉、鸣旦合译，天侔润文)，文言。"演义"栏刊载《三韩亡国史演义》，闲闲，白话。刊载国华书局发行"小说界之杰作、宣讲家之资料《亡国影》"广告。

23 日　《申报》"自由谈"之小说栏刊载家庭小说《嫣红劫》(续)常觉、小蝶合译，天虚我生润文，文言。刊载滑稽短篇《雄黄酒误我》，小蝶，文言。刊载"小说界之杰作、宣讲家之资料《亡国影》"广告："亡国小说除我佛山人《痛史》外后无作者，而《痛史》又未窥全豹，当此外患频仍，国势累卵之时，非有此种小说不足以警国民之酣梦，本局有鉴于此，特请著名小说家倪轶池、庄病骸两先生著为是书。取亡韩之事实，演空前之奇文，词旨固极激昂，情节亦复离奇，其写宫廷之污乱、官吏之丑态，与夫韩王末路之凄凉，令人忽悲忽愤，忽歌忽泣，至文笔之精细，结构之宏深，犹其余事，诚小说界之杰作，亦宣讲家之资料，凡我同胞当无不以先睹为快，尤特色者卷首有铜版四面，如韩皇闵妃、伊藤寺内、李完用、安重根等小影，皆书中重要人物，封面用韩国国玺制版，尤为新奇，全书共二十回，分上下订两册，业已出版，定价六角，总发行所上海四马路中国华书局。"

同日，《时报》刊载"李定夷撰艳情小说《美人福》出版了"广告："艺林名著，说部奇书，有句皆香，无辞不艳，美人读之可以吐气，可以慰情，少年夫妇读之可永保其伉俪之幸福，一般士女读之也当拍案叫绝。昆陵李定夷先生为海内著作大家，知之者多，毋庸赘述，顾先生自谓霣玉怨、鸳湖潮等虽销数各已逾万，殊不惬心，爰尽其毕生之才智、六月之时间，苦心经营，编成美人福一书，叙述一巨室家庭红颜少女绿鬈佳人，亦富贵亦荣华，不淫荡不秽浊，以淋漓酣畅之妙文写旖旎风流之艳福，兼之谐语横生，涉笔成趣，歌词满纸，抚卷有香，是诚能于小说中别辟蹊径者，读者若手置一编，当信斯言之不谬也。全书共十二万言，洋装一册定价大洋陆角。总发行所上海四马路国华书局。"

同日,《大共和日报》附刊载社会小说《广陵潮》,涵秋,白话。

同日,《神州日报》"神皋杂俎"栏刊载《鸳牒佳话》,延陵,文言。

同日,《新闻报》"快活林"刊载滑稽小说《捉讹头》,寥寥,白话。刊载国际秘密侦探小说《密约》(英国维廉勒苟原著),(常觉、鸣旦合译,天俫润文),文言。"演义"栏刊载《三韩亡国史演义》,闲闲,白话。

24 日 《申报》"自由谈"之小说栏刊载家庭小说《嫣红劫》(续)常觉、小蝶合译,天虚我生润文,文言。刊载"艳情小说《美人福》出版了"广告:"艺林名著,说部奇书,有句皆香,无辞不艳,美人读之可以吐气,可以慰情,少年夫妇读之可永保其伉俪之幸福,一般士女读之也当拍案叫绝。昆陵李定夷先生为海内著作大家,知之者多,毋庸赘述,顾先生自谓賈玉怨、鸳湖潮等书销数各已逾万,殊不惬心,爰尽其毕生之才能、六月之时间,苦心经营,编成美人福一书,叙述一巨室家庭红颜少女,绿鬓佳人,亦富贵亦荣华,不淫荡不秽浊,以淋漓酣畅之妙文,写旖旎风流之艳福,兼之谐语横生,涉笔成趣,歌词满纸,抚卷有香,是诚能于小说界中别开蹊径者,读者若手置一编,当信斯言之不谬也,全书共十二万言,洋装一册,定价大洋六角。总发行所上海四马路国华书局。"

同日,《时报》刊载讽刺短篇《梦见越王勾践》,振青,白话。

同日,《大共和日报》附刊载社会小说《广陵潮》,涵秋,白话。

同日,《神州日报》"神皋杂俎"栏刊载小说《怪美人》,英国巴尔沙克黎原著,何诹笔述,何海澄口译,老谈润文,文言。

同日,《新闻报》"快活林"刊载滑稽小说《错认了冤家》,士谔,白话。刊载国际秘密侦探小说《密约》(英国维廉勒苟原著),(常觉、鸣旦合译,天俫润文),文言。"演义"栏刊载《三韩亡国史演义》,闲闲,白话。刊载"艳情小说李定夷《美人福》出版了"广告。

25 日 《双星》第四期"小说"栏刊载爱国小说《沈小七》,瞻庐,文言。刊载《李莲英轶事》,瘿木,文言。刊载《红羊残屑》,泣红,文言。

刊载《爱国花》，笔伐，白话。刊载《痴翁》，雅菴，文言。刊载《石人语》，聊摄，文言。刊载《奚翁》，聊摄，文言。刊载《玉楼梦史》（续），茳渔，文言。刊载奇情小说《秋冰别传》，江都李涵秋著，文言。刊载社会小说《尘海燃犀录》（续），仆本恨人，白话章回。"传奇"栏刊载《红楼梦散套》，荆石山民填词。

同日，《小说月报》第六卷第六号刊载"最近出版●完全华商●商务印书馆发行"《义黑》《罗刹雌风》广告："新译义侠小说，洋装一册，林纾译，《义黑》，定价二角，书中主人翁为一黑奴女也，于英国西方殖民地某岛猝遇民变，一家人逃难相失，黑奴携其主家之一子一女，间关跋涉而至纽约，仰给于苦工者六年，流离颠沛，极人世所南堪，卒能坚持到底，厥后无意中其主人忽与相值，竟得骨肉团聚，而黑奴以老瘁已甚，负担才弛，竟长眠矣。以一不识不知之黑种妇人，而能任重道远如此，视程婴存赵尤奇，谥之曰义，畴曰不宜，译者以渊雅之笔状沉痛之情，其事其文，都成神品，尤为得未尝有。新译侦探小说，洋装一册，林纾译，《罗刹雌风》，定价三角半：书中言俄皇游历欧洲，虚无党人，乘时起事，一时风起云涌，荆轲聂政之徒，无虑数十百辈，而党中主要多贵族名媛，以金枝玉叶之尊，行燕市狗屠之事，尤为骇人听闻，与之对垒者为皇家侦探，于行在复壁，发见机关，玫瑰花茎，侦知毒药，如公输之善攻，墨子之善制，诙奇诡谲，匪夷所思，译笔之佳，更不待赘，新译小说中之良著也。"刊载"完全华商股份商务印书馆出版言情小说"广告："新撰《绿波传》一册二角五分，新译《娜兰小传》二册八角"，两书内容介绍同前。刊载"科学小说《洪荒鸟兽记》"广告："李薇香译，二册五角，书言南美腹地，人迹不到处有灵境，上古生物久绝迹于人世者，咸窟宅其中，更有两种蛮人，聚族而居，入其中者，为英国探险远征队，计四人，皆博学，取所见飞潜动植，一一讨论，其说理之明了，引证之赡博，可以益人神智，全书八万字，而纬以爱情，点染生动，能令读者百回不厌，译笔亦雅驯畅达，洵为情文并茂之作。完全华商商务印书馆出版。"刊载"完全华商商务印书馆发行暑假最好之奖励品"广告，内列书目中有："《童话》，第一集第二集，已出四十、五十册各五分、一角，《新社会》，已出三册，每册一角二分，《新说书》，已出二册，每册一角二分，《伊索寓言演义》，演义丛书第一册三角。"刊载"商务印书馆出版宣讲必备之书"广告，内有《新社会》，《新说书》《克莱武传》《澳洲历险记》《美洲童子万里寻亲记》《鲁滨逊漂流记》等。"短篇小说"栏刊载《兄弟寻亲记》，迦持，文言；刊载《为之犹贤》，梅癯，文言；刊载《欲不可纵》，梅癯，文言；刊载《披萝带荔》H. D. Hawtry Dorothea Canyers 原著，铁樵，文言；刊载《张先生传》(蓬莱公李氏方远遗著)；刊载《钱黯五》(许省斋遗著)，文言；刊载《蒋褚》，蕉心，文言；刊载《邓同音》，江子厚，文言；刊载《英伦燃犀录》(第三)，裘剑岑，文言；刊载《学生之尚武谭》，守如，白话。刊载"商务印书馆出版"广告，内有《说部丛书》《林译小说》《小本小说》《新撰译小说》《旧小说》《说林》等。"长篇小说"栏刊载《德国外交秘史》，漱露，白话；刊载《云破月来缘》，英国鹘刚伟原著，闽县林纾笔述，铅山胡朝梁口译，文言；刊载《西学东渐记》(容纯甫先生自叙)，凤石译述，铁樵校订，文言。"笔记"栏刊载《小说丛考》第三集卷四，泖东一蟹，此期刊载《游龙传演义考》《翡翠园院本考》《蒋清容题墓画诗》。"杂俎"栏刊载《小说家言》，歙县吴曰法，其文曰："《南华经》有言，以天下为沉浊，不可与庄语，以卮言为曼延，以重言为真，以寓言为广，卮言、重言、寓言，乃蒙庄行文妙诀，所挟以颠倒古今文人者，而小说之家数，实胚胎于三言。寓言十九，藉外论之，谓托事以论此事，欲泄磅礴不平之气，则咄咄吐英雄气者有之。欲写缠绵不已之情，则喁喁作儿女语者有之。甚至厌作人间语而秋坟鬼唱、篝火狐鸣，亦引为同声之应，而笔之于书，期知我于青林黑塞间，斯亦无可奈何，而自鸣天籁者矣。虽然，此寓言也。琵琶王四，乃吠声吠影之疑，即汤若士地下之牡丹亭，施耐庵之三世哑，亦其然岂其然乎？大抵文人之作小说，类皆援庄子寓言之体，以自驰骋其才华，至于存心刻薄者流，借小说以报怨，含沙射影，山膏骂人，其文必不能工，秦火不烧，终必自烧之，含血喷人，适以自污其口，固不得滥竽于小说之林，而以小说目之也。要皆未明寓言之旨，故哓哓无已时。即随园袁老，醉心于花月因缘，谓随园即大观园，抑亦鉴矣。重言十七，所以已言也。谓引重一人以止辩者。固秦诸子之徵古史，汉儒之抱师传，皆由是道，而小说家之缘起，抑或托始于石室藏书，天府秘册，又或幻为杳邈迷离之境。托始以梦，托始以仙，借重言之体以自实，寸心千古，惟识远者能烛之，更推其意而引重一事，以作全书之骨。如梁山泊百八列星，而引重《宋史》之宋江三十六人，横行河朔，泣红亭百花仙子，而引重《唐书》之武后，女主中华，波谲云奇，异常变幻，事本无足信，亦不亿人之不信，以必其信，特借重言之例，徵之正史以信之，以信动人听闻，以信广其游说，即以信工其作小说之文。虽然，此已有作小说之意，横亘胸中，而后依附重言以宣说。若夫处升平之世，则以小说醒尘梦之繁华的那个多难之秋，则以小说哭苍生之荼毒，类皆就现象而点缀其辞，援实事而引申其说，是皆蒙庄重言之例所必收也。至于因其重言，而遂以考据之学读之，锦衣卫为有明职官，乃谓《西游记》非元人作，确则确矣，于作者之心或犹有未契欤？　卮言日出，和以天倪，卮言者，随器摹写，如水在卮，和以天倪。谓随天理普博所有，因物写形，不以己喻也。古今纪事之文，群推迁史，而《史记》百三十篇中，以《项羽本纪》为最，《项羽本纪》中又以巨鹿之战、鸿门之宴、垓下之会为最，此数节皆以摹写入神，独有千古，小说家之神品，大都得力于读《史记》者为多。如摹写儿女之情，则问暖量寒，举动都牵情思，摹写英雄之概，则头颅杯酒，行间字挟风雷，至于悲欢之态、离合之境，皆以传神智笔出之。如禹鼎象物，如秦镜留影。昔施耐庵之作《水浒》，先绘百八人之像于壁，朝夕对之，久之二百八人之面目如生，久之而百八人之性情乃见，因摹写以成书，卮言之体，造其极者，非施耐庵谁与归，其他虽未能夺席，然亦穷年曼衍，自依附于卮言。　小说之流派，衍自三言，而小说之体裁，则尤有别。短篇之小说，取法于《史记》之列传，长篇之小说，取法于《通鉴》之编年。短篇之体，断章取义，则所谓笔记是也。长篇之体，探原竟委，则所谓演义是也。至于传奇一种，亦小说之家数，而异曲同工。昔阮芸台《研经室文集》有文言说一篇，其言曰：古人以简策治事者少，以口舌传事者多，以目治事者少，以口舌治事者多。故同为一言，转相告语，必致愆误，是必寡其辞，协其音，以文其言。易于记诵，无能增改。此诗《水浒》《红楼》全书皆是语言传奇之托始。借古人面目，移天下性情，于风俗人情，较之说论正言，尤觉易于兴起。盖天籁发之人心，凡在含齿戴发之伦，有自然感触于不觉者，降而至弹词等派，乃曲高和寡，致教雅乐沦胥，而于文言之体，尚未甚远。　小说之宗派体例既明，而文之正变格，要不可以不辨。自吾论之，以俗言道俗情者，正格也。以文言道俗情者，变格也。盖文人之笔，牛鬼蛇神，浮云苍狗，其变幻不可测，其奥妙亦不易明，而小说者，则夫妇之愚，可以与知者也。况古人文字，与语言合。今人文字，与言语离，玩说字之义，而即名核实，则语言文字，断断乎可合而不可离，方为名副其实。宋儒语录，满纸怎地这个，匪特扫去浮辞，独标真谛，抑亦有微意存乎其间？欲其易于推行，家喻而户晓也。审如是则小说之正格变格，奚特烦言。小说之正变格既定，则抉小说之藩篱，峙小说之山斗者，其以《水浒》《红楼》为中天之日月乎？《水浒》《红楼》全书皆是语言，全书皆为文字，如布帛菽粟之利天下，匹夫匹妇，莫不知之。问圣经贤传，有如是之发明乎？曰，无有也。问丰功伟业，有如是之记念乎？曰，无有也。何以故？则以小说之平易近人故。或者曰：《水浒》诲盗，《红楼》诲淫，二书者，实世道之蟊，而小说中之莠也。虽然，诲盗诲淫，吾不能为《水浒》《红楼》讳，且不能为小说中之流弊讳，而以致归罪于作者，作者岂任受哉？是盖有原因在。　文字至两汉以后，学者专务文采，而弃实学，谁复弄此浅近之笔墨。即有作者，亦且群非之，姗笑之，唾骂之，而指之为降志辱身，疑是中人以上，有可读之书，中人以下，遂无可读之书。夫若而人者，虽无可读之书，志未尝忘书也，一旦得小说之书而读之，但喜书之为我读，惶计理之曲直，事之是非。且人生天性，人欲即杂天理之中。雄飞则志在竞争，雌伏则滞情声色，亦人之常，无足怪者，盗与淫，乃人生之大欲存焉。自道学之名出，箝其口使不敢言，于是压力积而动力生。一二有才之士，借小说而游戏恣肆以出之，动力乃回环薄击，不能自已。此海盗海淫之小说所以风行海内，乘吾道之废缺而来。噫，不能取小说之长，去小说之短，立为抵制之法，而徒斤斤然禁人之读小说，吾恐唇焦舌敝，笔秃手僵，多见其不知分量耳。　　且小说一家，见于《艺文志》，《四库全书》收之于子集。其《四库全书提要》子部总叙曰：稗官所述，其事末矣。用广见闻，愈于博弈。可见小说家言，古今来莫之或废。端赖世之有志者，明其流派，正其体裁，用其利而去其害，则新会梁氏所谓上之可以阐发圣教，下之可以杂述史事，近之可以激发国耻，远之可以旁及外情，于世道陵夷之际，或未必无小补云。"文后又有铁樵案语："此文先得我心，意吾当奉为圭臬。凡治小说者当奉为圭臬。小说之正格为白话，此言固颠扑不破，然必如《水浒》《红楼》之白话，乃可为白话，换言之，必能为真正之文言，然后可为白话，必能读得《庄子》《史记》，然后可为白话，若仅仅读《水浒》《红楼》不能为白话也，阅者疑吾言乎？夫有取乎白话者，为其感人普，无古书为之基础，则文法不具，文法不具，不知所谓提挈顿挫、烹炼垫泄，不明语气之扬抑抗坠、轻重疾徐，则其能感人者几何矣。至于取小说之长，去小说之短，必使收陶情淑性之功，绝海盗海淫之弊，则其事甚难。文学，小说家所有事也。常识，小说家所当知也。经传之信条，先贤之学说，西来之新知识，又小说家所当知也。甚至愚夫愚妇之心理，世态人情之变幻，又无不当知之也。积理既深，斯持之有故，言之成理，不必言强盗美人，自能引人入胜，即言强盗美人，亦必不轨于正，安在其位嫱盗之媒哉？然而如上所云应读书阅历者几何？以我之愚，虽至齿危发秃，犹惧百不一逮一。世固不乏其人，其人肯为小说否乎？吾国社会劣分子之多，教育不普及，通俗教育盖若是其需要，当有三数通人执笔为小说否乎？以社会趋势揆之，小说而占真正之势力，终必循此轨道，使此事酿成风气，鸿博君子皆乐为之，则其效力当远过于宋明儒者之讲学，非细故也。铁樵。"刊载"完全华商商务印书馆发行"广告："演义丛书《伊索寓言演义》：孙毓修编，定价三角。演义小说，最足动人，本馆今取中外小说中之引喻设义，辞理俱足，可为人心世道之助者，以极有趣味之白话演成之。兹先成《伊索寓言演义》一种。《伊索寓言》作于上古希腊之世，至今流传不衰，欧美诸国，莫不奉为经典，以其辞约理博，无智无愚，钻研不尽，所以江河万古，不能废也。今取是本演成白话，每则略加短评，以资发挥。插画百有余幅，读之于德育智育裨益非浅。"刊载本社通告，为征稿启事，同前。

同日，《中华学生界》第一卷第六期刊载伦理小说《一小时之自由》，半侬，白话；医学小说《病菌大会议》，天笑生，白话。

同日，《申报》"自由谈"之小说栏刊载家庭小说《嫣红劫》（续）常觉、小蝶合译，天虚我生润文，文言。刊载奇情小说《秘密汽车》，东莒译，白话。

同日，《大共和日报》附刊载社会小说《广陵潮》，涵秋，白话。

同日，《神州日报》"神皋杂俎"栏刊载《鸳牒佳话》，延陵，文言。

同日，《新闻报》"快活林"刊载滑稽小说《错认了冤家》，士谔，白话。刊载国际秘密侦探小说《密约》（英国维廉勒苟原著），（常觉、鸣旦合译，天侔润文），文言。"演义"栏刊载《三韩亡国史演义》，闲闲，白话。刊载"艳情小说李定夷《美人福》出版了"广告。

同日，《中华妇女界》第一卷第六期刊载伦理小说《二十年前》，瘦鹃译，文言；家庭小说《双花斗艳录》，佐彤，文言；哲理小说《安知非福》，曙峰、半侬，文言。

26 日 《礼拜六》第五十六期刊载爱国小说《为国牺牲》，瘦鹃，文言。刊载冒险小说《一落千丈》，天白庐美意译，文言。刊载滑稽小说《破题儿第一遭》，屏周，白话。刊载义侠小说《白燕儿》，花奴，文言。刊载哀情小说《一曲离鸾不忍听》，尘梦，文言。刊载化学滑稽《桃花依旧红》，醉农，文言。刊载冒险小说《海中人》（续），法国威尔奴著，悾悾译，文言。刊载福尔摩斯最新探案《恐怖窟》，科南达里原著，常觉、小蝶合译，文言。刊载滑稽谈数《矮国奇谈》（再续），文言。

同日,《申报》"自由谈"之小说栏刊载家庭小说《嫣红劫》(续)常觉、小蝶合译,天虚我生润文,文言。刊载奇情小说《秘密汽车》,东茎译,白话。

同日,《神州日报》"神皋杂俎"栏刊载小说《怪美人》,英国巴尔沙克黎原著,何诹笔述,何海澄口译,老谈润文,文言。

同日,《新闻报》"快活林"刊载滑稽小说《错认了冤家》,士谔,白话。刊载国际秘密侦探小说《密约》(英国维廉勒苟原著),(常觉、鸣旦合译,天侔润文),文言。"演义"栏刊载《三韩亡国史演义》,闲闲,白话。

27 日 《申报》"自由谈"之小说栏刊载家庭小说《嫣红劫》(续)常觉、小蝶合译,天虚我生润文,文言。刊载奇情小说《秘密汽车》,东茎译,白话。

同日,《时报》刊载寓言小说《亚备因》,昂子陈轩,文言。

同日,《神州日报》"神皋杂俎"栏刊载《鸳牒佳话》,延陵,文言。

同日,《新闻报》"快活林"刊载滑稽小说《善学曾子》,律西,文言。刊载国际秘密侦探小说《密约》(英国维廉勒苟原著),(常觉、鸣旦合译,天侔润文),文言。"演义"栏刊载《三韩亡国史演义》,闲闲,白话。刊载"艳情小说李定夷《美人福》出版了"广告。

28 日 《小说丛报》第一周年增刊刊载《雪鸿泪史》广告:"本报逐期登载之长篇小说《雪鸿泪史》一种,全书共十余万言,今登出者尚未及半,远近爱阅诸君多以未得速窥全豹为恨,纷纷函要,本社将此书抽印单本以惠阅者。本社以众望所归,碍难推却,特商请枕亚君提前将此书编竣,仅十一十二两期内将上卷登完,一面即将全稿详加校勘,赶印出书,恐劳盼望,特此预告。""说部"栏刊载写情小说《侬之婚史》,东讷,文言;言情小说《夕阳红》,吁公,文言;家庭小说《故剑归来》,E. M. T. ameson 原著,灏森口译,仪鄞达旨,文言;奇情小说《别来无恙》,双热,文言;英雄小说《纪戚生述宋大帅轶事》,绂章,文言;侠情小说《倩孃》,慕韩,文言;言情小说《刺绣无心抛弱线》,铁冷,文言；名人轶史《红豆庄盗窃案》，枕亚，文言；滑稽小说《逸儒林外史》，东来原稿，轶池，白话；社会小说《个中人》，天愤，文言；明季轶史《侠妓殉国记》，绮缘，文言；艳情小说《拾芹佳话》，醒独，文言；革命外史《春兰秋菊》，花奴，文言；清宫孽史《质女恨》，献箴，文言；历史小说《汉孝昭上官皇后外传》(昭帝选后周阳氏附)，啸霞录稿，文言；哀情小说《哀弦》，笑云，文言；滑稽小说《快活三郎》，双热，文言；侦探小说《芙蓉壁》，天愤，文言；侠情小说《妻梅媵菊记》，铁冷，文言；清代战纪之一《平回传信录》，枕亚，文言；福尔摩斯侦探新案《康南虚恐怖案》(Arthur Conan Doyle 原著)，灏森、仪鸾合译，文言；法律小说《抵死扶持并蒂花》(Mary K. Maule 原著)，灏森、仪鸾合译，文言。

同日，《申报》"自由谈"之小说栏刊载家庭小说《嫣红劫》(续)常觉、小蝶合译，天虚我生润文，文言。刊载奇情小说《秘密汽车》，东茔译，白话。

同日，《时报》刊载寓言小说《亚备因》，昂子陈轩，文言。

同日，《神州日报》"神皋杂俎"栏刊载小说《怪美人》，英国巴尔沙克黎原著，何诹笔述，何海澄口译，老谈润文，文言。

同日，《新闻报》"快活林"刊载滑稽小说《新水浒》，剑秋，白话。刊载国际秘密侦探小说《密约》(英国维廉勒苟原著)，(常觉、鸣旦合译，天侔润文)，文言。"演义"栏刊载《三韩亡国史演义》，闲闲，白话。刊载"艳情小说李定夷《美人福》出版了"广告。刊载文明书局发行"最新小说"广告，其中言情小说《碧梦痕》全一册价洋七角、哀情小说《美人劫》全一册价洋三角、言情小说《情秘》全一册价洋二角、哀情小说《鸳鸯梦》全二册价洋五角。

29 日 《申报》"自由谈"之小说栏刊载家庭小说《嫣红劫》(续)常觉、小蝶合译，天虚我生润文，文言。刊载奇情小说《秘密汽车》，东茔译，白话。刊载广告："钱塘醒醉生著、夏曾佑先生序劄记小说《庄谐选录》，定价二元，特价一元二角。笔记小说夥矣，近人中惟此最为新颖完善，其中遗闻轶事为中为外或庄或谐，搜罗广博，纪述雅驯，钱塘夏穗卿先生曾为之序，叹为不能有二之作，兹特精印，洋装二大厚本，约五十万言，定价大洋二元，特价一元二角，存书无多，购请从速。●《太平军中被难记》一册定价二角五分●旧上海，一册，定价二角五分。寄售处上海商务印书馆，各省商务印书馆分馆，上海三马路西昼锦里振实书局●四马路望平街震亚图书局。"

同日，《时报》刊载寓言小说《亚备因》，昂子陈轩，文言。

同日，《神州日报》"神皋杂俎"栏刊载《鸳牒佳话》，延陵，文言。

同日，《新闻报》"快活林"刊载滑稽小说《新水浒》，剑秋，白话。刊载国际秘密侦探小说《密约》(英国维廉勒苟原著)，(常觉、鸣旦合译，天侔润文)，文言。"演义"栏刊载《三韩亡国史演义》，闲闲，白话。

30 日 《申报》"自由谈"之小说栏刊载家庭小说《嫣红劫》(续)常觉、小蝶合译，天虚我生润文，文言。刊载奇情小说《秘密汽车》，东荃译，白话。刊载"哀情小说《芙蓉泪》，山渊杰作"广告："著者江君为经学大师，蟫庵先生之哲嗣，幼承家学，著述等身，多关于考订经史之作，诗古文辞尤为擅长，岭南学者宗之，近以其著述之余，兼及于小说，凡数阅月而后成，此书述一女士与某少年结婚事，欲合忽离，将成又败，离奇谲诡，变化万状，如行山阴之道，如过五都之市，及其结局终归无成，一则投身弱水，一则寄迹空门，声情凄婉，一字一泪，读者亦当为之泣下，□来哀情小说多矣，然皆陈陈相因，拾人牙慧，非事不足以惊人，即词不足以动目，此书摘词则千锤百炼，藻彩纷披，叙事则柳暗花明，天地别有情文，兼至意态顿生，此书一出，定必空冀北之群，贵洛阳之纸，读者宜急购一编，勿失之交臂也。定价五角，上海四马路泰东图书局发行。"

同日，《时报》刊载短篇小说《旅客之提包》，厌物，文言。

同日，《神州日报》"神皋杂俎"栏刊载小说《怪美人》，英国巴尔沙克黎原著，何诹笔述，何海澄口译，老谈润文，文言。

同日，《新闻报》"快活林"刊载滑稽小说《新翠屏山》，觉庵，文言。刊载国际秘密侦探小说《密约》(英国维廉勒苟原著)，(常觉、鸣旦合译，天侔润文)，文言。"演义"栏刊载《三韩亡国史演义》，闲闲，白话。

发生于本月但日期不详之事件

《滑稽时报》"说林"栏刊载《断藕泪》，荫吾，文言；刊载《黑籍镜》，军国民，文言；刊载《夜未央》，滁骨，文言；刊载《梦霞别传》，荫吾，文言；刊载《自由毒》，花禅，文言；刊载《乞丐梦》，蓉屏，文言；刊载《贫女泪》，静安女史，文言；刊载《桃花片》，浦渔隐著，文言；刊载《奔笃》，颂斌，文言；刊载《女盗侠传》，西阳，文言；刊载《倒乱千秋》，无知少年，白话章回。

07 月

01 日 《小说海》第一卷第七号刊载商务印书馆新译小说最近出版广告，内有欧美名家小说《蟹莲郡主传》、历史小说《西班牙宫闱琐语》。刊载《古今说部丛书》广告。"短篇"栏刊载《美人之结果》，瘦盦，文言；《小人难养》，梅癯，文言；《情囚》，小青，文言；《绵恨记》，云门，文言；《电痖余生》，幼新，文言；《慧娘小传》，浪子，文言；《暴死奇案》，玄父，文言；《鼠疫》，任卓，文言；《旧谱新声》，竞夫，文言；《空屋》，珠儿，文言。"长篇"栏刊载《模范乡》，指严，文言；《碧血鸳鸯》，英国蔡尔斯掰弗师著，沈焜、印剑鸣，文言。刊载完全华商商务印书馆发行新译社会小说《侠女破奸记》《假跛人》广告。刊载商务印书馆发行林纾新译义侠小说《黑义》广告。刊载商务印书馆发行林纾新译侦探小说《罗刹雌风》广告。刊载中国图书公司和记出版《美人唇》《奇瓶案》广告。

同日，《申报》"自由谈"之小说栏刊载家庭小说《嫣红劫》(续)常觉、小蝶合译，天虚我生润文，文言。刊载奇情小说《秘密汽车》，东荃译，白话。

同日，《神州日报》"神皋杂俎"栏刊载《鸳牒佳话》，延陵，文言。

同日，《新闻报》"快活林"刊载滑稽小说《新翠屏山》，觉庵，文言。刊载国际秘密侦探小说《密约》(英国维廉勒苟原著)，(常觉、鸣旦合译，天侔润文)，文言。"演义"栏刊载《三韩亡国史演义》，闲闲，白话。

02 日 《申报》"自由谈"之小说栏刊载家庭小说《嫣红劫》(续)常觉、小蝶合译，天虚我生润文，文言。刊载奇情小说《秘密汽车》，东荃译，白话。

同日，《神州日报》"神皋杂俎"栏刊载小说《怪美人》，英国巴尔沙克黎原著，何诹笔述，何海澄口译，老谈润文，文言。

同日，《新闻报》"快活林"刊载滑稽短篇《制药钬熬烟钬》，天鹤，文言。刊载国际秘密侦探小说《密约》(英国维廉勒苟原著)，(常觉、鸣旦合译，天侔润文)，文言。"演义"栏刊载《三韩亡国史演义》，闲闲，白话。

03 日 《礼拜六》第五十七期刊载惨情小说《双姬惨遇记》，尘梦，文言。刊载名家短篇言情小说《缠绵》，原名 *Sweetharts*，英国科南达利 Sir A. Conan Dye 著，瘦鹃译，白话。刊载滑稽小说《午夜饭》，剑啸，文言。刊载国民小说《母》，江东老虬，文言。科学小说《贼博士》，默儿，文言。刊载滑稽小说《官太太》，阿蒙，白话。刊载滑稽小说《教员翻筋斗》，铮铮，文言。刊载中国侦探小说《衣带冤魂》，天虚我生，白话。刊载写情小说《商人妇》，商人妇原著，李东垄译意，文言。刊载滑稽谈薮《矮国奇谈》，文言。

同日，《申报》"自由谈"之小说栏刊载奇情小说《秘密汽车》，东荃译，白话。

同日，《时报》刊载"一百六十种旧小说之名著，预约每部四元，特价三千部，全书六十册价洋八元，八月底出版"广告，总发行所上海棋盘街西文明书局，上海英界宁波路中旺弄凤鸣里共和编译局，上海抛球场中华书局及各省中华书局经售处各省各大书坊。刊载《上下古今谈》广告。刊载《广四十家小说》广告。刊载《清代野史》广告。刊载小说妖怪小说《鬼买饺子》，怀古，文言。刊载"《小说新报》第五期出版"广告。刊载"《小说丛报》周年增刊出版"广告。刊载"《民权素》第七集出版"广告。刊载"警梦痴仙著《续海上繁华梦集》已出版，定价六角"广告。刊载"上海英界棋盘街中市广益书局新刊各种小说"广告，内有《弱女飘零记》一册二角，《蕙娘小传》一册二角，《新小说二十种》一册四角，《黛痕剑影录》一册四角，《短篇小说》每册二角等。

同日，《神州日报》"神皋杂俎"栏刊载《鸳牒佳话》，延陵，文言。

同日，《新闻报》"快活林"刊载滑稽短篇《除毒新药品》，太和，文言。刊载国际秘密侦探小说《密约》(英国维廉勒苟原著)，(常觉、鸣旦合译，天侔润文)，文言。"演义"栏刊载《三韩亡国史演义》，闲闲，白话。

04 日 《申报》"自由谈"之小说栏刊载家庭小说《嫣红劫》(续)常觉、小蝶合译，天虚我生润文，文言。刊载奇情小说《秘密汽车》，东莒译，白话。刊载"顾氏四十家小说再版半价广告"："小说丛刻明代为多，惟顾元庆氏抉别最为精审，所刊四十家大半孤本，零落残缺者不采，远出说郛说海等书之上，学者得此可以广见闻于往日，资掇拾于临文，不仅酒后茶余足供消遣也。全书八册一函，定价二元，兹特发售半价五百部，每部大洋一元，书存无多，购请从速。上海三马路西昼锦里内振寰书局启。"刊载"《小说丛报》周年增刊出版"广告。

同日，《时报》刊载小说《胡无闷女史小传》，吴下阿蒙撰，文言。

同日，《神州日报》"神皋杂俎"栏刊载小说《怪美人》，英国巴尔沙克黎原著，何诹笔述，何海澄口译，老谈润文，文言。

同日，《新闻报》"快活林"刊载短篇社会小说《何苦出风头》，笑霞，白话。刊载国际秘密侦探小说《密约》（英国维廉勒苟原著），（常觉、鸣旦合译，天侔润文），文言。"演义"栏刊载《三韩亡国史演义》，闲闲，白话。

05日 《妇女杂志》第一卷第七号刊载"完全华商商务印书馆发行暑假最好之奖励品"广告，内有《童话》《新说书》《伊索寓言演义》。刊载"商务印书馆发行宣讲必备之书"广告，内有"《新社会》已出三集，每集一角二分，本书为小说大家天笑生所撰，以街谈巷议之口吻，述共和国民之智识，宣讲员得此以为资料，则虽农夫村妪闻之无不了解。《新说书》，已出二集，每集一角二分，本书以李世地理科学实业诸端为材料，而以小说之辞调、说书之口腔，联络而贯穿之，诙谐百出，逸趣横牛"，又有小说《克莱武传》三角，《澳洲历险记》一角五分，《美洲童子万里寻亲记》大本三角小本一角，《鲁滨孙漂流记》大本、小本，各二册，七角、三角。"名著"栏刊载《女世说》，昭阳李清映碧辑。刊载"最近出版●完全华商●商务印书馆发行"《义黑》《罗刹雌风》广告："新译义侠小说，洋装一册，林纾译，《义黑》，定价二角，书中主人翁为一黑奴女也，于英国西方殖民地某岛猝遇民变，一家人逃难相失，黑奴携其主家之一子一女，间关跋涉而至纽约，仰给于苦工者六年，流离颠沛，极人世所南堪，卒能坚持到底，厥后无意中其主人忽与相值，竟得骨肉团聚，而黑奴以老瘁已甚，负担才弛，竟长眠矣。以一不识不知之黑种妇人，而能任重道远如此，视程婴存赵尤奇，谥之曰义，畴曰不宜，译者以渊雅之笔状沉痛之情，其事其文，都成神品，尤为得未尝有。新译侦探小说，洋装一册，林纾译，《罗刹雌风》，定价三角半：书中言俄皇游历欧洲，虚无党人，乘时起事，一时风起云涌，荆轲聂政之徒，无虑数十百辈，而党中主要多贵族名媛，以金枝玉叶之尊，行燕市狗屠之事，尤为骇人听闻，与之对垒者为皇家侦探，于行在复壁，发见机关，玫瑰花茎，侦知毒药，如公输之善攻，墨子之善制，诙奇诡谲，匪夷所思，译笔之佳，更不待赞，新译小说中之良著也。""小说"栏刊载《雪莲日记》（一名《江东烽火实录》），雪莲女士原著，江都李涵秋润词，文言；《弱女回天录》，瞻庐，文言；《鬌龄梦影》，玉俞，文言；《无才女子》，寄尘，白话。

同日，《申报》"自由谈"之小说栏刊载家庭小说《嫣红劫》(续)常觉、小蝶合译，天虚我生润文，文言。刊载广告："社会小说绘图《蠢众生》发行预约。是书系江都贡少芹先生所著，曾登载大共和报，备受社会欢迎，与广陵潮异曲同工，可称双绝，兹大共和业已停版，本局与贡君商议，版权归本局，发刊单行本，先出第一集，兹将优点列下，(一)详加润色，全书经著者大家删补，愈形美备，使阅者无丝毫缺憾。(二)每集十回，每回并有一百八十余页，零售每集定价五角，预定四集大洋一元，外埠每集须加邮费四分，邮票购书概作九五折，核算预约期限本埠以阳历七月二十日，外埠以阳历七月三十日为截止期。总发行所上海四马路望平街震亚图书局。"

同日，《神州日报》"神皋杂俎"栏刊载《鸳牒佳话》，延陵，文言。

同日，《新闻报》"快活林"刊载物理小说《鸡之家庭》，公安街，文言。刊载国际秘密侦探小说《密约》(英国维廉勒荀原著)，(常觉、鸣旦合译，天侔润文)，文言。"演义"栏刊载《三韩亡国史演义》，闲闲，白话。

06 日　《女子世界》第六期"说部"栏刊载写情小说《情场趣史》A Romantic man，梅郎，文言。刊载伦理小说《红粉剚仇记》，屏周、瘦鹃，白话。刊载滑稽言情短篇《琴师茹学》，醉灵，白话。刊载哀情小说《三百年前之爱情》，英国近代女文豪 Marie Corelli 著，瘦鹃译，文言。刊载哀情小说《埋愁冢》，咏霞女士，文言。刊载写情小说《怪指环》，小蝶，文言。刊载写情小说《他之小史》(五续)，漱馨女士口述，天虚我生戏译，文言。

同日，《申报》"自由谈"之小说栏刊载家庭小说《嫣红劫》(续)常觉、小蝶合译，天虚我生润文，文言。刊载奇情小说《秘密汽车》，东茔译，白话。

同日，《时报》刊载"奉赠《说库》提要"广告："外埠函索附下邮票一分，发行所上海棋盘街文明书局，上海宁波路中旺弄凤鸣里，共和编译局，上海抛球场中华书局。"

同日，《神州日报》"神皋杂俎"栏刊载小说《怪美人》，英国巴尔沙克黎原著，何诹笔述，何海澄口译，老谈润文，文言。

同日，《新闻报》"快活林"刊载滑稽短篇《不入虎穴焉得虎子》，觉庵，文言。刊载国际秘密侦探小说《密约》（英国维廉勒苟原著），（常觉、鸣旦合译，天侔润文），文言。"演义"栏刊载《三韩亡国史演义》，闲闲，白话。

07 日 《申报》"自由谈"之小说栏刊载家庭小说《嫣红劫》（续）常觉、小蝶合译，天虚我生润文，文言。刊载奇情小说《秘密汽车》，东垒译，白话。刊载"说部之大观、智识之锦囊分类新纂《古今笔记精华》，特价三千部，订止第二版，特价二元二角，现已出售，邮资二角，定价洋四元，额满即截止"广告："本书为胡朴庵、汪金石、何口、周桂笙四君所编纂，辑古今笔记至六百余种，分类二十有四，撷其精华，甄而录之，使阅者可以 以寻类以求，为有系统之编纂，如事原风俗方言谚语歌谣等类，可以考见吾国人民之习惯以及古今风俗之变迁、各地言语之歧异，余如美人奇士之可佐清谈，异草珍葩之可资多识，文艺美术之可资考订，奇闻异事之可供谈助，皆足珍为秘笈，故出版以来大为海内欢迎，未及数月已印两版，购者纷至，苦无以应，刻下第三版已经出书，仍发售特价三千部，以便远近人士采购欲得廉价者，尚希从速为幸。古今图书局启。古今笔记精华全书总目：史谈、古迹、谚语、豪侠、神童、妓女、方技、武术、美术、歌谣、鬼怪、禽兽、事原、风俗、方言、文士、美人、优伶、文艺、音乐、趣事、仙佛、草木、琐闻，全书二十四册，分装四布函。发行所上海棋盘街中市广益书局及各省各埠书庄，北京杨梅竹斜街广益书局，汉口、长沙广益分局，开封北书店街、广州双门底上街广益分局。"刊载"醒世小说《天将明》出版了"广告："著述一道，要必有裨于世道人心，非徒以娱目逸情为能事，是书为幼圃先生所著，先生忧种族之不振，故作当头棒喝，惊醒我四万万同胞致梦也，其内容专以中外战纪历史国民疾苦原因为宗旨，凡于权奸蠹国、志士捐躯以及割地求和之事莫不考据精详，摹写维肖，俾阅者触目惊心，□振起爱国之精神，其扶此将倾之大厦，我同胞其勉诸此，书现已出版，可称极有益之好小说，读者宜购一编，勿失之交臂也。总发行所上海法租界洋泾浜新盛昌行内德新书局，代发行四马路泰东图书局。各省各书局均有寄售，每册定价大洋四角。"

　　同日，《时报》刊载滑稽短篇《予为娘姨》，今醉，白话。

　　同日，《神州日报》"神皋杂俎"栏刊载《鸳牒佳话》，延陵，文言。

　　同日，《新闻报》"快活林"刊载寓言小说《鼠争食》，鞠墅，文言。刊载国际秘密侦探小说《密约》(英国维廉勒苟原著)，(常觉、鸣旦合译，天侔润文)，文言。"演义"栏刊载《三韩亡国史演义》，闲闲，白话。

　　08 日　《申报》"自由谈"之小说栏刊载家庭小说《嫣红劫》(续)常觉、小蝶合译，天虚我生润文，文言。刊载奇情小说《秘密汽车》，东莒译，白话。

　　同日，《时报》刊载滑稽短篇《予为娘姨》，今醉，白话。

　　同日，《神州日报》"神皋杂俎"栏刊载小说《怪美人》，英国巴尔沙克黎原著，何诹笔述，何海澄口译，老谈润文，文言。

　　同日，《新闻报》"快活林"刊载滑稽小说《刀光人语》，修本译，白话。刊载国际秘密侦探小说《密约》(英国维廉勒苟原著)，(常觉、鸣旦合译，天侔润文)，文言。"演义"栏刊载《三韩亡国史演义》，闲闲，白话。

　　09 日　《申报》"自由谈"之小说栏刊载家庭小说《嫣红劫》(续)常觉、小蝶合译，天虚我生润文，文言。刊载奇情小说《秘密汽车》，东莒译，白话。

　　同日，《神州日报》"神皋杂俎"栏刊载神怪小说《夜叉首》，山石，文言。

　　同日，《新闻报》"快活林"刊载滑稽小说《刀光人语》，修本译，白话。刊载国际秘密侦探小说《密约》(英国维廉勒苟原著)，(常觉、鸣旦合译，天侔润文)，文言。"演义"栏刊载《三韩亡国史演义》，闲闲，白话。

10 日 《东方杂志》第十二卷第七号刊载《薄倖女》(一名《恶侦探》，英国梅女士著)，作霖，文言；历史小说《绛带记》，法国大仲马原著，不许转载，天游，白话；《五十故事》之《教狮》《扪象》，东吴旧孙，文言。

同日，《礼拜六》第五十八期刊载甲午轶闻《鱼雷舰长》，韦士，文言。刊载名家国际侦探小说《余香》，英国 William La Queux 著，瘦鹃译，文言。刊载爱情小说《蔷薇缘》，微生、自然同译，文言。刊载国民小说《国仇之牺牲》，江东老虬，文言。刊载侦探小说《衣带冤魂》(续)，天虚我生，白话。刊载写情小说《商人妇》(续)，商人妇原著，李东埜译意，文言。刊载滑稽谈数《矮国奇谈》(再续)，文言。

同日，《申报》"自由谈"之小说栏刊载家庭小说《嫣红劫》(续)常觉、小蝶合译，天虚我生润文，文言。刊载奇情小说《秘密汽车》，东茔译，白话。

同日，《时报》刊载"说部中大观都一百三十五种之《古今说海》"。

同日，《神州日报》"神皋杂俎"栏刊载小说《怪美人》，英国巴尔沙克黎原著，何诹笔述，何海澄口译，老谈润文，文言，至本年 7 月 30日。《神州日报》"神皋杂俎"栏刊载神怪小说《夜叉首》，山石，文言。(奇数天刊登)，至本年 7 月 29 日。

同日，《新闻报》"快活林"刊载滑稽小说《刀光人语》，修本译，白话。刊载国际秘密侦探小说《密约》(英国维廉勒苟原著)，(常觉、鸣旦合译，天侔润文)，文言。"演义"栏刊载《三韩亡国史演义》，闲闲，白话。

11 日 《申报》"自由谈"之小说栏刊载家庭小说《嫣红劫》(续)常觉、小蝶合译，天虚我生润文，文言。刊载奇情小说《秘密汽车》，东茔译，白话。

同日，《时报》刊载滑稽小说《新戏迷》，老江西，白话。

同日，《新闻报》"快活林"刊载滑稽小说《月下美人》，高洁，文言。刊载国际秘密侦探小说《密约》(英国维廉勒苟原著)，(常觉、鸣旦合译，天俸润文)，文言。"演义"栏刊载《三韩亡国史演义》，闲闲，白话。

12 日 《申报》"自由谈"之小说栏刊载家庭小说《嫣红劫》(续)常觉、小蝶合译，天虚我生润文，文言。刊载奇情小说《秘密汽车》，东莒译，白话。刊载"醒世小说《九尾龟》全书十二集"广告："《九尾龟》一书久已脍炙人口，毋庸赘述，际此长夏炎热之时，以供诸君消遣，兹特重印一千部，金书十二集，分订六册，廉价发售，每部收回成本，洋二元四角四分，精装布面金字，二厚册计实价格洋一元八角，趸批大外从廉，书存无多，请早购为幸。《太平半中被难记》定价二角五分。《旧上海》定价二角五分。《女子骗术罗小凤》定价一角。上海三马路西昼锦里内振寰书局启。"

同日，《时报》刊载"侦探小说《大宝窟王》出版"广告。

同日，《新闻报》"快活林"刊载滑稽小说《月下美人》，高洁，文言。刊载国际秘密侦探小说《密约》(英国维廉勒苟原著)，(常觉、鸣旦合译，天俸润文)，文言。"演义"栏刊载《三韩亡国史演义》，闲闲，白话。

13 日 《申报》"自由谈"之小说栏刊载家庭小说《嫣红劫》(续)常觉、小蝶合译，天虚我生润文，文言。刊载奇情小说《秘密汽车》，东莒译，白话。

同日，《新闻报》"快活林"刊载滑稽小说《新七夕》，太和，白话。刊载国际秘密侦探小说《密约》(英国维廉勒苟原著)，(常觉、鸣旦合译，天俸润文)，文言。"演义"栏刊载《三韩亡国史演义》，闲闲，白话。

14 日 《申报》"自由谈"之小说栏刊载家庭小说《嫣红劫》(续)常觉、小蝶合译，天虚我生润文，文言。刊载奇情小说《秘密汽车》，东茎译，白话。刊载"小说界新闻界之异彩《小说日刊》"广告："内容：短篇小说、长篇小说、小说月旦、文艺杂俎。价目：半年三元，全年六元，邮费在内，报资先惠。发行所上海法租界新桥街四号洋房飞艇社。"

同日，《时报》刊载小说《铜臭》，吴隐，文言。

同日，《新闻报》"快活林"刊载滑稽小说《新七夕》，太和，白话。刊载国际秘密侦探小说《密约》(英国维廉勒苟原著)，(常觉、鸣旦合译，天侔润文)，文言。"演义"栏刊载《三韩亡国史演义》，闲闲，白话。刊载"社会小说绘图《蠢众生》发行预约"广告："是书系江都贡少芹先生所著，曾登载大共和报，备受社会欢迎，与《广陵潮》异曲同工，可称双绝，兹大共和业已停版，本局与贡君商议版权，归本局发刊单行本，先出第一集，兹将优点列下，(一)详加润色，全书经著者大加删补，愈形美备，使阅者无丝毫缺憾，(二)每集十回，每回并有徐见石先生绘图，(三)定价低廉，每册洋装一百八十余页，零售每集定价五角，预定四集大洋一元，外埠每集须加邮费四分，邮票购书概作九五折核算，预约期限本埠以阳历八月二十日，外埠以阳历八月三十日为截止，九月一日出书，幸早预定。总发行上海四马路望平街震亚书局。"

15 日 《民权素》第八集刊载《冷铁丛谈》广告。刊载箸超著《蝶花劫》广告。刊载警梦痴仙著《续海上繁华梦》出版广告。"说海"栏刊载伦理短篇《一饭难》，君木，文言；义侠短篇《雪衣女》，冥飞，文言；家庭短篇《女彗星》，尘因，文言；爱情短篇《流云断月》，海沤，文言；惨情短篇《残碣泪痕》，碧痕，文言；哀情小说《惨别离》(一名《湘罗惨史》)，南邨，文言；苦情小说《双鸯塚》，翛然，文言；奇情小说《雨濯莲花》，闲鸥，文言；喜情小说《上帝佑汝》，昂孙，文言；滑稽短篇《不准识字》，一萍，白话。刊载双热著《孽冤镜》广告。刊载双热杰作《兰娘哀史》广告。刊载枕亚杰作《玉梨魂》广告。刊载"天僇生遗著《恨海鹃声谱》"广告。刊载松笠译《勃雷克探案之一》广告。

同日，《小说丛报》第十二期"短篇小说"栏刊载劄记小说《养疴客谈》，虞山钱蒙叟遗著，文言；侠义小说《冰娥》，仪鄨，文言；名人轶事《双峰童年史》，铁冷，文言；技击小说《方家祥》，瞻庐，文言；侦探小说《老当益壮》，GeorgeBarton 原著，仪鄨、灏森译，文言；英雄小说《书文鲁斋》，绂章，文言；苦情小说《可怜颜色经年别》，铁冷，文言；交涉小说《代价》Owen Oliver 原著，灏森，文言；惨情小说《卖花声》，天愤，文言；滑稽历史小说《三国志补》，轶名原著，枕亚演述，文言。"长篇小说"栏刊载历史小说《胜水残山录》(续)，海虞嵇氏遗著，后裔逸如重编，白话，分章，有回目；别体小说《雪鸿泪史》(何梦霞日记)，古吴徐枕亚评校，文言；理想小说《世界文明之悲观》(续)，东讷译，文言；哀情小说《潘郎怨》(续第八期)，定夷，白话章回；科学小说《不速之客》，灏森译，文言。刊载"徐枕亚著人人必读之小说《雪鸿泪史》书已付印，不日出版"广告："(一)爱阅《玉梨魂》者不可不读：《玉梨魂》一书为枕亚君最初著作，书中所载实非海市蜃楼。惟因属稿仓卒，尚有许多情事及诗词函牍若干首，均未编入，特另撰此书，以补前书缺憾，俾阅者得知此事真相，《玉梨魂》中含糊不明之处，《泪史》悉尽情写出，至其文笔之哀怨缠绵，凄清悱恻，较之前书尤臻绝诣，洵艺林名著，亦说部荣光也。(一)爱阅高尚文字者不可不读：比来小说风靡，言情之作尤夥，而布局遣词千篇一律，翻阅一过，味同嚼蜡，其上者亦徒以风云月露之词装点而成，与言情二字相去实远，本书特辟蹊径，纯用白描，力趋于高尚纯洁一派，虽所叙只一二人之事，情节极其淡漠，而洋洋十余万言，令人百读不厌，其深刻之处直是呕心作字，濡血成篇，不徒以词华见长。(一)爱阅言情尺牍不可不读：书中诸人梦霞与梨影自始至终见面不过数次，其中传情之处悉以函札达之，前后不下数十首，哀感顽艳，可泣可歌，《玉梨魂》未载入者尤多。(一)爱阅哀艳诗词者不可不读：书中所载诗词共二百余首，较《玉梨魂》增加一倍，悉系书中人真迹，缠绵情绪尽于书中屠戮，非他种凭空结撰之小说以杂作填塞者可比，阅过《玉梨魂》者自能辨之，春蚕互织同功茧，纵有金刀剖不分，二句可以移赠。研究诗学者，尤不可不人手

《三韩亡国史演义》，闲闲，白话。

02 日 《申报》"自由谈"之小说栏刊载家庭小说《嫣红劫》（续）常觉、小蝶合译，天虚我生润文，文言。刊载奇情小说《秘密汽车》，东莝译，白话。

同日，《时报》刊载滑稽小说《戏台之灯》，丛笑，白话。

同日，《新闻报》"快活林"刊载国际秘密侦探小说《密约》（英国维廉勒苟原著），（常觉、鸣旦合译，天侔润文），文言。"演义"栏刊载《三韩亡国史演义》，闲闲，白话。

03 日 《申报》"自由谈"之小说栏刊载家庭小说《嫣红劫》（续）常觉、小蝶合译，天虚我生润文，文言。刊载奇情小说《秘密汽车》，东莝译，白话。

同日，《新闻报》"快活林"刊载社会短篇《编辑家之念秧》，瘦蝶，文言。刊载国际秘密侦探小说《密约》（英国维廉勒苟原著），（常觉、鸣旦合译，天侔润文），文言。"演义"栏刊载《三韩亡国史演义》，闲闲，白话。

04 日 《申报》"自由谈"之小说栏刊载家庭小说《嫣红劫》（续）常觉、小蝶合译，天虚我生润文，文言。刊载奇情小说《秘密汽车》，东莝译，白话。

同日，《时报》刊载小说《新鲜古话》，迷信，白话章回。

同日，《新闻报》"快活林"刊载滑稽短篇《大风之闲话》，周郎，白话。刊载国际秘密侦探小说《密约》（英国维廉勒苟原著），（常觉、鸣旦合译，天侔润文），文言。"演义"栏刊载《三韩亡国史演义》，闲闲，白话。刊载上海振寰书局"特别廉价醒世小说《九尾龟》全书十二集请速购取"广告。刊载上海振寰书局"《顾氏四十家小说》再版半价广告"。

05 日 《妇女杂志》第一卷第八号"名著"栏刊载《女世说》，昭阳李清映碧辑。"小说"栏刊载《雪莲日记》（一名《江东烽火实录》）（续），雪莲女士原著，江都李涵秋润词，文言；《弱女回天录》（续），瞻庐，文言；《髫龄梦影》（续），玉俞，文言。

同日，《申报》"自由谈"之小说栏刊载家庭小说《嫣红劫》(续)常觉、小蝶合译，天虚我生润文，文言。刊载奇情小说《秘密汽车》，东莹译，白话。

同日，《时报》刊载小说《新鲜古话》，迷信，白话章回。

同日，《新闻报》"快活林"刊载滑稽小说《孔门之女弟子》，文言。刊载国际秘密侦探小说《密约》(英国维廉勒苟原著)，(常觉、鸣旦合译，天俦润文)，文言。"演义"栏刊载《三韩亡国史演义》，闲闲，白话。

06 日 《申报》"自由谈"之小说栏刊载家庭小说《嫣红劫》(续)常觉、小蝶合译，天虚我生润文，文言。刊载奇情小说《秘密汽车》，东莹译，白话。

同日，《时报》刊载短篇小说《红色之爆烈弹》，丛笑，文言。

同日，《新闻报》"快活林"刊载滑稽小说《也是三省特派员》，冲怛，白话。刊载国际秘密侦探小说《密约》(英国维廉勒苟原著)，(常觉、鸣旦合译，天俦润文)，文言。"演义"栏刊载《三韩亡国史演义》，闲闲，白话。

07 日 《礼拜六》第六十二期刊载社会小说《梓人之斧》，韦士，文言。刊载名家短篇伦理小说《慈母之心》，原名 THE HALL，英国韦达 Ouida 著，瘦鹃译，文言。刊载灾情小说《噫！惨哉!》，幻影女士，文言。刊载教孝小说《孝女复仇记》，小草，文言。刊载神怪小说《梦耶！梦耶!!》，中泠，文言。刊载痴情小说《毋忘侬》，天白，白话。刊载奇情小说《再生缘》，阿蒙，文言。刊载军事小说《吾心为无价之宝》，花奴，文言。刊载义侠小说《芦中人》，恨人，文言。刊载滑稽科学小说《亚养化淡》，半废，白话。刊载侠情小说《剑胆箫心》(十一续)，杏痴，文言，分回目。

同日，《申报》"自由谈"之小说栏刊载奇情小说《秘密汽车》，东莹译，白话。刊载短篇小说《爱河一波》，小青译，文言。

同日，日《申报》"自由谈"之小说栏刊载奇情小说《秘密汽车》，东茎译，白话。刊载短篇小说《爱河一波》(续)，小青译，文言。

同日，《时报》刊载纪事小说《平糴》，悲观，文言。

同日，《新闻报》"快活林"刊载滑稽小说《也是三省特派员》，冲恒，白话。刊载国际秘密侦探小说《密约》(英国维廉勒苟原著)，(常觉、鸣旦合译，天侔润文)，文言。"演义"栏刊载《三韩亡国史演义》，闲闲，白话。

08 日　《申报》"自由谈"之小说栏刊载家庭小说《嫣红劫》(续)常觉、小蝶合译，天虚我生润文，文言。刊载短篇小说《爱河一波》(再续)，小青译，文言。

同日，《新闻报》"快活林"滑稽短篇《螽斯之余痛》，瘦蝶，文言。刊载国际秘密侦探小说《密约》(英国维廉勒苟原著)，(常觉、鸣旦合译，天侔润文)，文言。"演义"栏刊载《三韩亡国史演义》，闲闲，白话。

09 日　《申报》"自由谈"之小说栏刊载家庭小说《嫣红劫》(续)常觉、小蝶合译，天虚我生润文，文言。刊载短篇小说《爱河一波》(二续)，小青译，文言。

同日，《新闻报》"快活林"刊载滑稽短篇《宪法起草》，南雀，白话。刊载国际秘密侦探小说《密约》(英国维廉勒苟原著)，(常觉、鸣旦合译，天侔润文)，文言。"演义"栏刊载《三韩亡国史演义》，闲闲，白话。

10 日　《东方杂志》第十二卷第八号刊载历史小说《绛带记》，法国大仲马原著，不许转载，天游，白话。

同日，《申报》"自由谈"之小说栏刊载家庭小说《嫣红劫》(续)常觉、小蝶合译，天虚我生润文，文言。刊载奇情小说《秘密汽车》，东茎译，白话。刊载短篇小说《爱河一波》(三续)，小青译，文言。

同日，《新闻报》"快活林"刊载滑稽短篇《宪法起草》，南雀，白话。刊载国际秘密侦探小说《密约》(英国维廉勒苟原著)，(常觉、鸣旦合译，天侔润文)，文言。"演义"栏刊载《三韩亡国史演义》，闲闲，

文言。刊载社会短篇《蝗虫之利》，瘦蝶，白话。刊载侠情小说《剑胆箫心》（十二续），杏痴，文言，分回目。

同日，《申报》"自由谈"之小说栏刊载家庭小说《嫣红劫》（续）常觉、小蝶合译，天虚我生润文，文言。刊载短篇小说《爱河一波》（续），小青译，文言。

同日，《时报》刊载写真小说《税员威》，含茹，叙述文言，对话白话。

同日，《新闻报》"快活林"刊载短篇寓言《夫妇之好》，律西，文言。刊载国际秘密侦探小说《密约》（英国维廉勒苟原著），（常觉、鸣旦合译，天侔润文），文言。"演义"栏刊载《三韩亡国史演义》，闲闲，白话。

15 日　《民权素》第九集刊载秋心译《葡萄劫》广告。刊载秋心说部第一集广告。"说海"栏刊载名著短篇《周颠仙》，明太祖，文言；警世短篇《酒徒郑一》，天醉，文言；记事短篇《双鸳塔》，冥飞，文言；苦情短篇《哀蝉秋语》，尘因，文言；爱情短篇《流云断月》（续第八集），海沤，文言；哀情短篇《襟前血泪》，碧痕，文言；实事小说《花开花落》（续第七集），双热，文言；写情小说《红冰碧血录》，南邨，文言；奇情小说《雨濯莲花》（续第七集），闲鸥，文言；喜情小说《上帝佑汝》（续第八集），昂孙，文言。

同日，《申报》"自由谈"之小说栏刊载家庭小说《嫣红劫》（续）常觉、小蝶合译，天虚我生润文，文言。刊载奇情小说《秘密汽车》，东茔译，白话。

同日，《时报》刊载小说《动物科举》，迷信，白话。

同日，《新闻报》"快活林"刊载短篇别裁《周年纪念》（集别稿家名字旁均以黑点志之），瘦蝶，白话。

16 日　《申报》"自由谈"之小说栏刊载家庭小说《嫣红劫》（续）常觉、小蝶合译，天虚我生润文，文言。刊载奇情小说《秘密汽车》，东茔译，白话。

同日，《时报》刊载文明书局"长智识资消遣之古今名著《笔记小说大观》出版"广告："第一辑二十种计八十册，原价十一元，今特价只售四元，加送雅式盒一只，外埠寄费四角，木箱一只加一元。笔记小说大观第一辑出版。小说始自虞初，唐宋明清所著尤多，事实之博瞻，词采之醲郁，广见闻，引兴味，读之如获一良师，交一益友，大足为研雪临文之助，本局主任搜辑有年，已得二百余种，大半系孤本、原刻本，兹将著名小说二十种先行出版，以八十册为一辑，饷遗社会，廉价出售，版式一律，旅行舟车，携带最便，二三辑已在印刷中。发行所上海棋盘街文明书局及各省中华书局，经售处各省各大书坊。"刊载小说《动物科举》，迷信，白话。

同日，《神州日报》"神皋杂俎"栏刊载伦理小说《荔波归榇》，抚瑟，文言。

同日，《新闻报》"快活林"刊载国际秘密侦探小说《密约》（英国维廉勒苟原著），（常觉、鸣旦合译，天侔润文），文言。"演义"栏刊载《三韩亡国史演义》，闲闲，白话。刊载滑稽短篇《新水浒》，默庵，白话。

17 日 《申报》"自由谈"之小说栏刊载家庭小说《嫣红劫》（续）常觉、小蝶合译，天虚我生润文，文言。刊载奇情小说《秘密汽车》，东茔译，白话。刊载滑稽小说《露天教育》，韵清女士，文言。

同日，《时报》刊载小说《动物科举》，迷信，白话。

同日，《神州日报》"神皋杂俎"栏刊载小说《怪美人》，英国巴尔沙克黎原著，何诹笔述，何海澄口译，老谈润文，文言。

同日，《新闻报》"快活林"刊载国际秘密侦探小说《密约》（英国维廉勒苟原著），（常觉、鸣旦合译，天侔润文），文言。刊载滑稽小说《乞巧》，独鹤，白话。刊载滑稽小说《新说书开场》，觉庵，文言。

18 日 《申报》"自由谈"之小说栏刊载家庭小说《嫣红劫》（续）常觉、小蝶合译，天虚我生润文，文言。刊载奇情小说《秘密汽车》，东茔译，白话。

同日，《时报》刊载"中国图书公司和记《古今说部丛书》，全部六十册，定价十二元，代售处上海各埠商务印书馆"广告："是书计共十集，采辑列代掌故笔记凡三百六十余种，略仿类书体例，分门编辑，曰史乘，曰博物，曰风俗，曰怪异，曰文艺，曰清供，曰游戏，曰游记，曰杂志，每集中多则各门全备，少亦必有五六门，搜罗宏富，编辑精审，实为说部之总汇，稗史之大观。"刊载滑稽小说《黑鱼精》，章鉴，白话。

同日，《神州日报》"神皋杂俎"栏刊载伦理小说《荔波归棨》，抚瑟，文言。

同日，《新闻报》"快活林"刊载国际秘密侦探小说《密约》（英国维廉勒苟原著），（常觉、鸣旦合译，天侔润文），文言。刊载滑稽小说《乞巧》，独鹤，白话。

19 日　《申报》"自由谈"之小说栏刊载家庭小说《嫣红劫》（续）常觉、小蝶合译，天虚我生润文，文言。刊载奇情小说《秘密汽车》，东茔译，白话。

同日，《时报》刊载滑稽小说《黑鱼精》，章鉴，白话。

同日，《神州日报》"神皋杂俎"栏刊载小说《怪美人》，英国巴尔沙克黎原著，何诹笔述，何海澄口译，老谈润文，文言。

同日，《新闻报》"快活林"刊载国际秘密侦探小说《密约》（英国维廉勒苟原著），（常觉、鸣旦合译，天侔润文），文言。刊载游戏短篇《参观快活林周年纪念会纪》，集投稿诸君雅号，花奴，文言。

20 日　《大中华》第一卷第八期刊载侦探小说《拿破仑之情网》（续），法国华度甫渤海传名著，天笑、听鹂同译，文言。刊载短篇小说《绿城歌客》（续），马君武译，文言。

同日，《申报》"自由谈"之小说栏刊载家庭小说《嫣红劫》（续）常觉、小蝶合译，天虚我生润文，文言。刊载奇情小说《秘密汽车》，东茔译，白话。

同日，《时报》刊载滑稽小说《五千斤》，严悲观，文言。

同日，《神州日报》"神皋杂俎"栏刊载伦理小说《荔波归棨》，抚瑟，文言。

同日，《新闻报》"快活林"刊载国际秘密侦探小说《密约》（英国维廉勒苟原著），（常觉、鸣旦合译，天侔润文），文言。刊载滑稽短篇《牛女梦》，剑鸣，文言。

21 日 《礼拜六》第六十四期刊载言情小说《阿凤》，静英女士，文言。刊载国民小说《一贫一富》，谷神，文言。刊载惨情小说《镜华惨劫》，醉月，文言。刊载短篇哀情小说《噫》（八之前四），瘦鹃著，文言。刊载爱国小说《伤心之父》，法国大小说家阿尔芳斯陶苔原著，屏周译，白话。刊载爱国小说《死而后已》，雏鹤，文言。刊载社会小说《孽镜台》，恨人，文言。刊载短篇小说《捲烟害》，亚雄，文言。刊载悲情小说《江上琵琶记》，红雪词人，文言。刊载侠情小说《剑胆箫心》（十三续），杏痴，文言，分回目。

同日，《申报》"自由谈"之小说栏刊载家庭小说《嫣红劫》（续）常觉、小蝶合译，天虚我生润文，文言。刊载奇情小说《秘密汽车》，东苴译，白话。

同日，《神州日报》"神皋杂俎"栏刊载小说《怪美人》，英国巴尔沙克黎原著，何诹笔述，何海澄口译，老谈润文，文言。

同日，《新闻报》"快活林"刊载国际秘密侦探小说《密约》（英国维廉勒苟原著），（常觉、鸣旦合译，天侔润文），文言。刊载滑稽短篇《家徒壁立》，瞻庐，文言。

22 日 《申报》"自由谈"之小说栏刊载家庭小说《嫣红劫》（续）常觉、小蝶合译，天虚我生润文，文言。刊载奇情小说《秘密汽车》，东苴译，白话。

同日，《时报》刊载小说《红泪》，笑、毅，文言。

同日，《神州日报》"神皋杂俎"栏刊载伦理小说《荔波归棨》，抚瑟，文言。

同日，《新闻报》"快活林"刊载国际秘密侦探小说《密约》（英国维廉勒苟原著），（常觉、鸣旦合译，天侔润文），文言。

23 日 《申报》"自由谈"之小说栏刊载家庭小说《嫣红劫》(续)常觉、小蝶合译，天虚我生润文，文言。刊载奇情小说《秘密汽车》，东茔译，白话。

同日，《时报》刊载小说《红泪》，笑、毅，文言。刊载小说《窟中人之妻》，冷，法国大仲马原著，白话。

同日，《神州日报》"神皋杂俎"栏刊载伦理小说《荔波归棕》，抚瑟，文言。

同日，《新闻报》"快活林"刊载国际秘密侦探小说《密约》(英国维廉勒苟原著)，(常觉、鸣旦合译，天侔润文)，文言。

24 日 《申报》"自由谈"之小说栏刊载家庭小说《嫣红劫》(续)常觉、小蝶合译，天虚我生润文，文言。刊载奇情小说《秘密汽车》，东茔译，白话。

同日，《时报》刊载小说《红泪》，笑、毅，文言。刊载小说《窟中人之妻》，冷，法国大仲马原著，白话。刊载"古今名著《笔记小说大观》，第一辑八十册，原价十一元，今特价只售四元，上海文明书局发行，各省中华书局代售。"

同日，《神州日报》"神皋杂俎"栏刊载伦理小说《荔波归棕》，抚瑟，文言。

同日，《新闻报》"快活林"刊载国际秘密侦探小说《密约》(英国维廉勒苟原著)，(常觉、鸣旦合译，天侔润文)，文言。刊载滑稽短篇《可以死矣》，侣笙，文言。

25 日 《小说月报》第六卷第八号刊载"商务印书馆新译小说最近出版"广告，内有《蟹莲郡主传》《西班牙宫闱琐语》，内容介绍同前。"短篇小说"栏刊载《父子主恩》，梅癯，文言；刊载《唐花》，守如，文言；刊载《下流不易》Henry 原著，铭三恽恽，文言；刊载《三醮女》，江子厚，文言；刊载《圣乔治别传》，鹇鸰，文言；刊载《请君入瓮》，竞夫，白话；刊载《万里归鸿记》，王汉章，文言；刊载《英伦燃犀录》(第五)，裘剑岑，文言；刊载《许镖相》，秋恨，文言；刊载《雪海惊